हिन्द पॉकेट बुक्स

बड़े साहब

हास्य-व्यंग्य के लोकप्रिय लेखकों में संतोषनारायण नौटियाल का अपना एक अलग रंग है। गुदगुदी से भरे हास्य, मीठी चुटकियों और चुभते हुए व्यंग्य के कारण उनकी कहानियां पाठक के मन में बस जाती हैं। *बड़े साहब* उनकी चुनी हुई कहानियों का फड़कता हुआ संग्रह है, जिसकी प्रत्येक रचना अपनी जगह पर बेजोड़ है।

AF669580

बड़े साहब

प्रसिद्ध लेखक की हास्य-व्यंग्य से
भरपूर कहानियों का अनूठा संग्रह

संतोषनारायण नौटियाल

हिन्द पॉकेट बुक्स
पेंगुइन रैंडम हाउस इम्प्रिंट

हिन्द पॉकेट बुक्स

यूएसए। कनाडा। यूके। आयरलैंड। ऑस्ट्रेलिया। सिंगापुर
न्यू ज़ीलैंड। भारत। दक्षिण अफ्रीका। चीन

हिन्द पॉकेट बुक्स, पेंगुइन रैंडम हाउस ग्रुप ऑफ़ कम्पनीज़ का हिस्सा है,
जिसका पता global.penguinrandomhouse.com पर मिलेगा

पेंगुइन रैंडम हाउस इंडिया प्रा. लि.,
चौथी मंजिल, कैपिटल टावर -1, एम जी रोड,
गुड़गांव 122 002, हरियाणा, भारत

पेंगुइन
रैंडम हाउस
इंडिया

प्रथम हिन्दी संस्करण हिन्द पॉकेट बुक्स द्वारा 1968 में प्रकाशित
यह हिन्दी संस्करण हिन्द पॉकेट बुक्स में पेंगुइन रैंडम हाउस द्वारा 2022 में प्रकाशित

10 9 8 7 6 5 4 3 2

इस पुस्तक में व्यक्त विचार लेखक के अपने हैं, जिनका यथासंभव तथ्यात्मक
सत्यापन किया गया है, और इस संबंध में प्रकाशक एवं सहयोगी
प्रकाशक किसी भी रूप में उत्तरदायी नहीं हैं।

ISBN 9789353493165

मुद्रकः रेप्रो इंडिया लिमिटेड

www.penguin.co.in

FSC www.fsc.org MIX Paper from responsible sources FSC® C047271

This is a legitimate digitally printed version of the book and therefore might not
have certain extra finishing on the cover.

क्रम

बड़े साहब

सवा आठ बजे बड़े साहब कमीज़ और अंडरवियर पहने टाई बांध रहे थे और नौकर उन्हें मोज़े पहना रहा था।

"अरे, ठीक से पहना। बाल क्यों नोच रहा है ?" बड़े साहब गरजे।

कपड़े पहनकर बड़े साहब ने फाइलों का एक पुलिंदा अपनी मोटर में रखवाया, उसके साथ एक फाइलकवर में उस दिन का अखबार रखा और आफिस के लिए चलने लगे। उस समय सवेरे के साढ़े आठ बजे थे। पत्नी ने कहा, "ज़रा रामभरोसे चपरासी को भेज देना, बाज़ार से कुछ सामान मंगवाना है।"

"श्यामसिंह कहां गया ?" बड़े साहब ने पूछा।

"श्यामसिंह तो अभी बच्चों को नाश्ता करा रहा है, फिर उन्हें स्कूल छोड़ने जाएगा।"

"जब स्कूल जाएगा तो सामान भी लेता आएगा।"

"फिर तुम्हारे लिए खाना कौन बनाएगा और कौन उसे आफिस ले जाएगा ?"

"लेकिन एक चपरासी तो दफ्तर में भी रहना चाहिए।"

"तो सामान तुम लाओ।"

बड़े साहब ने पत्नी की ओर इस दृष्टि से देखा, जैसे कह रहे हों कि ऐसी अनहोनी बात कहने से पहले उसकी ज़बान कटकर क्यों नहीं गिर गई। वह बिना उत्तर दिए मोटर में बैठकर चल दिए।

रामभरोसे आफिस के सामने मौजूद ही था। मोटर रुकते ही उसने दौड़कर मोटर का दरवाज़ा खोला और फिर फाइलें निकालकर मेज़ के पास रैक पर रख दीं। कमरे में बिजली का प्रकाश था और पंखा चल रहा था। सामने दीवार पर एक पोस्टर था जिसमें लिखा था—फ़ज़ूलखर्ची रोकिए। कमरे में कालीन, बहुत बड़ी सेक्रेटेरियट मेज़, हरी बनात वाली छः कुरसियां आगंतुकों के लिए रखी थीं। बड़े साहब के लिए डनलपिलो वाली स्प्रिंगदार कुरसी, एक लेटने वाली आरामकुरसी, एक आधी आरामकुरसी कमरे के एक हिस्से में जो लकड़ी के परदे से अलग किया हुआ था, रखी थीं। खाना खाने के लिए एक छोटी मेज़ और दो कुरसियां और थीं। मेज़ पर कांच का एक गिलास था। एक कोने में हाथ धोने के लिए स्टैंड पर चिलमची रखी थी। स्टैंड के पास तिपाई पर सुराही थी जो फाइलकवर के बनाए हुए ठोंगे के ढकी थी। पास ही कोट और टोप लटकाने का शीशा लगा स्टैंड था जिसपर एक हैंगर लटक रही था। आजकल कभी-कभी हैंगर खाली रहता था क्योंकि सरकारी सरकुलर के हिसाब से बड़े साहब आफिस में खादी की तीन रुपये दस आने वाली रेडीमेड बुशशर्ट पहनते थे। स्टैंड पर हाथकरघे का बना रंगबिरंगा तौलिया लटक रहा था। सेक्रेटेरियट मेज़ पर टेबललैंप, कलमदान, फूलदान, पेपरवेट, चाकू, कैंची, कागज़ में छेद करने की मशीन, ढाई फुट X दो फुट आकार का एक कांच जिसके नीचे विभिन्न चार्ट, आंकड़े, एक कार्ड कलैंडर और सरकारी छुट्टियों की सूची थी तथा तीन टेलीफोन थे। एक केवल आफिस के लिए, एक बाहर की सीधी लाइन और एक वह जिसमें पर्सनल असिस्टैंट द्वारा बाहर से सम्बन्ध होता था।

बड़े साहब आरामकुरसी पर लेट गए। उन्होंने उस दिन का अखबार पढ़ना आरम्भ किया ही था कि टेलीफोन की घंटी बजी और बजती रही। साहब झुंझलाए। चपरासी का पता नहीं था। टेलीफोन की घंटी बज रही थी। उन्होंने चपरासी को बुलाने की घंटी बजाई। टेलीफोन की घंटी बजे जा रही थी। साहब की झुंझलाहट बढ़ रही थी। उन्होंने फिर घंटी बजाई।

बहुत दूर से चपरासी की हांफती हुई पुकार आई, "हु...जू...र ?" टेलीफोन थककर चुप हो गया और साहब ने चपरासी पर बिगड़ना शुरू किया, "कहां चले गए थे ?"

"हुज़ूर, जरा चाय पीने..."

"जब देखो चाय। काम नहीं करते, हरामखोरी करते हो। आध घंटे से टेलीफोन की घंटी बज रही थी।

साहब ने फिर अखबार पढ़ना शुरू किया तभी टेलीफोन की घंटी बजी। चपरासी दौड़कर आया और रिसीवर कान पर लगाकर बोला, "बड़े साहब का आफि...जी, नहीं, हुज़ूर। साहब तो अभी आए नहीं...जी ? हां, इस टेम तक आ तो जाते हैं...हुज़ूर ने बंगले पर टेलीफोन किया था ! तो बंगले से चल दिए होंगे...बस आते ही होंगे। हुज़ूर, अपना नाम और टेलीफोन नंबर बता दीजिए। बड़े साहब के आते ही बात हो जाएगी...बहुत अच्छा, हुज़ूर... सलाम, हुज़ूर।"

टेलीफोन पर दूसरे बड़े साहबों को रामभरोसे सलाम ही कहता था। छोटे साहबों को नमस्ते और बाबू लोगों को राम-राम।

"हुज़ूर, मिसरा साहब का टेलीफोन था। कह रहे थे कि कोई जरूरी काम है," रामभरोसे ने कहा।

"हूं," कहकर बड़े साहब समाचारपत्र पढ़ते रहे।

समाचारपत्र पढ़ना समाप्त करके उन्होंने रामभरोसे को मिसराजी से टेलीफोन मिलाने को कहा। रामभरोसे ने नंबर मिलाया और बड़े साहब को टेलीफोन देने लगा तो उन्होंने पूछा, "मिसरा साहब लाइन पर हैं ?"

"जी, उन्हें बुलाया गया है।"

"तो टेलीफोन अभी कैसे दे रहे हो ? तुमसे कितनी बार कहा है कि जिससे हमें बात करनी हो या जो हमसे बात करना चाहता हो, जब तक वह खुद टेलीफोन पर न हो, फोन हमें मत दिया करो, लेकिन तुम्हारी समझ में ही नहीं आता। जब मिसरा साहब आ जाएं तब देना।"

बड़े साहब कभी किसीकी प्रतीक्षा नहीं करते। सबको बड़े साहब की प्रतीक्षा करनी चाहिए, चाहे काम बड़े साहब का ही हो।

"हलो, मिसरा, तुमने फोन किया था ?" बड़े साहब ने टेलीफोन पर कहा।

"हां, आज शाम को क्लब में ब्रिज खेलने आओ। दो, तीन और लोग भी आ रहे हैं," मिसराजी ने कहा।

"कौन-कौन आ रहे हैं ?"

मिसराजी ने नाम बताए।

"भई, मुझे तो आज बिलकुल फुरसत नहीं है।"

"ऐसा क्या काम है, ज़रा सुनें तो," मिसराजी ने कहा।

"आफिस का काम है। सवेरे साढ़े आठ बजे से निकला हूं, रात के आठ बजे घर पहुंचूंगा और फिर भी फाइलें साथ होंगी," बड़े साहब ने उत्तर दिया।

"अरे, छोड़ो, यार। हम भी वैसे ही अफसर हैं जैसे तुम और काम भी कुछ कम नहीं करते। हमें पता है, काम कितना है। देखो, भई, इन छोटी-छोटी बातों में क्या रखा है। तुम यदि क्लब के प्रेज़ीडेंट नहीं हुए तो इसका मतलब यह तो नहीं कि तुम क्लब आना ही छोड़ दो और फिर इसी बात को लेकर प्रेज़ीडेंट के साथ ब्रिज भी न खेलो।"

"नहीं, नहीं, यह बात नहीं है।"

"अच्छा, कुछ और ही बात सही लेकिन आज आना ज़रूर।"

"मैं कोशिश करूंगा।"

बड़े साहब के मस्तिष्क में वह संध्या ताज़ी हो आई जब वे इस पूर्वनिश्चय के साथ क्लब गए थे कि वे प्रेज़ीडेंट चुने हो जाएंगे। यह ठीक था कि बड़े साहब उस नगर में नये आए थे, परन्तु उनको कुरसी तो पुरानी थी। और फिर बड़े साहब तो बड़े साहब ठहरे। उसमें नया-पुराना क्या ? किंतु उस क्लब के लोग इतने जाहिल थे कि बड़ी साहबी की यह प्रारम्भिक बात भी नहीं समझते थे। उन्होंने एकमत होकर किसी और व्यक्ति को प्रेज़ीडेंट बना दिया है। इतना

ही नहीं, वाइस प्रेज़ीडेंट, सेक्रेटरी, ज्वाइंट सेक्रेटरी और मैनेजिंग कमेटी की सदस्यता—किसीमें भी तो बड़े साहब को एक बार झुठाया नहीं गया था और वह, 'नहीं, नहीं, मैं इसके उपयुक्त नहीं हूं। किसी और व्यक्ति को चुनिए,' कहकर अपनी शालीनता प्रकट करने से वंचित रह गए थे। बड़े साहब उस संध्या की बात याद करके घायल सांप की तरह फुंकारते और बल खाते रहे। चपरासी ने डाक लाकर सामने रखी।

सबसे ऊपर एक चपरासी की आकस्मिक छुट्टी का प्रार्थनापत्र था। भाई का विवाह था, उसी में जाना था। छुट्टी मिल जाने पर वह बड़े साहब की लंबी आयु तथा सुखसमृद्धि के लिए प्रार्थना करने वाला था। बड़े साहब चिल्लाए, "सब कामचोर हैं, जब देखो तब छुट्टी," और प्रार्थनापत्र पर अस्वीकृत लिख दिया।

इसके बाद एक आकस्मिक व्यय का परचा था। चपरासी को तीन पन्ने की एक फाइल देकर आध मील दूर बने एक अन्य आफिस में भेजा गया था जहां से सवेरे 11 बजे का गया हुआ शाम के साढ़े चार बजे लौटा था। उसी आने-जाने के सम्बन्ध में रिक्शा के भाड़े का बारह आने का परचा था। बड़े साहब बिगड़े, "यह लाट साहब का बच्चा है जो पैदल नहीं जा सकता था!" परचे पर लिखा—हेड क्लर्क, उसका बयान लो कि वह पैदल क्यों नहीं गया?

इसके बाद फर्नीचर की खरीद का एक बिल था। बड़े साहब को कुछ याद आया। उन्होंने बड़े बाबू को बुलाकर पूछा, "बड़े बाबू, वह कालीन आ गया?"

"जी, हुज़ूर।"

"कितने का बिल है?"

"दस हज़ार एक सौ पचपन।"

"ऐसा कीजिए कि यह कालीन हमारी कोठी पर भिजवा दीजिए और वहां से दूसरा मंगवा लीजिए। इतने कीमती कालीन की देखभाल आफिस में ठीक तरह से नहीं हो सकती। सरकारी माल की रक्षा करना हमारा कर्तव्य है।"

"जी, हुज़ूर," कहकर बड़े बाबू चले गए।

टेलीफोन की घंटी बजी। चपरासी ने कहा, "हुज़ूर, मेम साहब से बात कर ली जाए।"

"क्या है ?" साहब ने टेलीफोन से पूछा।

"सुनिए, आज हरबंसलाल ठेकेदार का आदमी बहुत-से आम दे गया है। थोड़े-से आम, मेरी बहन के यहां भिजवा दीजिए," बड़ी साहबनी ने कहा।

"लेकिन अभी तो उधर कोई जाने वाला नहीं है। अच्छा, देखता हूं," कहकर बड़े साहब ने टेलीफोन रख दिया।

इसके बाद बड़े साहब का व्यक्तिगत पत्र था। जालंधर से उनके ससुर ने लिखा था कि बड़े साहब के साले का विवाह अगले महीने अमुक तारीख को होना निश्चित हो गया था। उसमें बड़े साहब, बड़ी साहबनी और बच्चों का आना नितांत आवश्यक था और बड़े साहब उन्हें सूचना दें कि कब आ रहे थे।

बड़े साहब ने एक अपने से नीचे अफसर को बुलाकर कहा, "मिस्टर सक्सेना, ये फाइलें ज़रूरी हैं। ज़रा देख लीजिए और नोट पुटप कीजिए। मैं बहुत व्यस्त हूं।'' बेचारा सक्सेना खून का घूंट पी-कर रह गया। 'ज़रा देखने' में उसकी दो शामें बिगड़ेंगी, उधर पत्नी का ग्राग्रह था कि 'लव इन शिमला' देखे। यदि आए दिन के ये सब 'ज़रा देखना' न करे तो 13 वर्षों से जिस क्लास टू में है। उससे क्लास वन में आने के लिए और 13 वर्ष प्रतीक्षा करनी पड़ेगी। कानफिडेंशल रिपोर्ट बड़े साहब को ही लिखनी थी। वह बेचारा लम्बा सांस खींचकर, "बहुत अच्छा, सर," कहकर चला गया।

बड़े साहब ने विभाग के मंत्री के पी० ए० को टेलीफोन किया। पता चला कि मंत्रीजी तब तक आफिस नहीं आए थे, शायद घर पर थे। घर टेलीफोन करने से पता चला कि असेम्बली गए थे। असेम्बली से पता चला कि वे अपने आफिस में होंगे क्योंकि वे असेंबली में नहीं थे। वास्तव में असेम्बली में उनकी खोज हो रही थी क्योंकि उस समय उनके ही विभाग के बजट पर बहस हो रही थी। बड़े साहब समझ गए कि मंत्रीजी उस समय उस नई समाजसेविका

को उसके घर पर समाजसेवा की शिक्षा दे रहे होंगे। समाजसेवा की यह शिक्षा मंत्रीजी के दौरे के समय सरकिट हाउस और डाक बंगलों में जारी रहती थी क्योंकि मंत्रीजी बड़े कर्तव्यपरायण थे और समाज-सेवा किसी भी मंत्री का प्रथम कर्तव्य था।

बड़े साहब को बड़ा साहब होने के नाते मंत्री महोदय को कहीं भी और किसी भी समय टेलीफोन करने या मिलने का अधिकार था। उन्होंने मंत्री महोदय को समाजसेविका के घर टेलीफोन करके बताया कि असेम्बली में उनकी उपस्थिति आवश्यक थी और आफिस के आवश्यक मामले में उनका निर्देश ज़रूरी था।

जब संध्या के चार बजे मंत्री महोदय अपने ग्राफिस में पधारे तो बड़े साहब ने उन्हें सूचना दी कि जनता के हित में अगले महीने विभिन्न प्रांतों के बड़े साहबों की एक कांफ्रेंस कश्मीर में बुलाना अत्यंत आवश्यक था और बड़े साहब को यानी उन्हें वहां जाना पड़ेगा। बड़े साहब ने विभिन्न आंकड़ों द्वारा यह सिद्ध किया कि रेल से जाने के बदले सरकारी जीप द्वारा जाना सस्ता पड़ेगा और छोटे अफसरों द्वारा रात-दिन एक करके इकट्ठी की हुई जनता के खून-पसीने की कमाई की सरकारी राशि में बचत होगी। मंत्री महोदय की स्वीकृति मिलने में कुछ देर होती देख बड़े साहब ने ब्रह्मास्त्र चलाया, "मीटिंग का उद्घाटन आपके करकमलों द्वारा होगा।"

"किंतु हम तो यहां कुछ आवश्यक कार्यों में ऐसे फंसे हैं कि इस समय जाना मुश्किल है," मंत्रीजी ने कहा।

"तो ऐसा किया जाए, सर, एक और जीप ले जाई जाए। इस प्रकार काम भी साथ ले जाया जा सकेगा और दो जीप ले जाने से सस्ता भी पड़ेगा।"

मंत्रीजी मान गए। बड़े साहब ने टाप प्रायोरिटी ('सबसे पहले' की चिट लगा हुआ) आर्डर दिया। सब प्रांतीय बड़े साहबों की कांफ्रेंस अगले महीने अमुक तारीख को गुलमर्ग (कश्मीर) में होगी। कांफ्रेंस का

उद्घाटन अमुक विभाग के माननीय मंत्री द्वारा होगा। दूसरे आर्डर द्वारा कश्मीर सरकार को सूचित करने का आदेश हुआ कि कांफ्रेंस के सम्बन्ध में कितने व्यक्ति सरकारी मेहमान बनकर कितने दिन गुलमर्ग में रहेंगे।

शाम के साढ़े सात बज चुके थे। बड़े बाबू ने डरते-डरते कमरे में प्रवेश किया और चुपचाप मेज़ के पास खड़े हो गए। बड़े साहब अपने ससुर को पत्र लिखने में व्यस्त थे जिसमें वे यह बता रहे थे कि आफिस के काम के बोझ के कारण उनका विवाह में सम्मिलित होना कितना कठिन था। पत्र समाप्त करके उन्होंने बिना सिर ऊपर उठाए पूछा, "क्या है ?"

"सर, वह चपरासी..."

"क्या हुआ उसे ?"

"उसके भाई का विवाह है। छुट्टी पर जाना चाहता था।"

"छुट्टी नहीं मिल सकती। इन्हें तो किसी न किसी बहाने हर रोज़ छुट्टी चाहिए। विवाह उसके भाई का है, उसका तो नहीं..."

बड़े बाबू खंखारे, "जी, मैं कह रहा था कि बंगले से श्यामसिंह आया था। कह रहा था कि मेम साहब को कुछ आम भिजवाने थे। गयादीन का घर भी उधर ही है। इसके अलावा वहां के अफसर ने कई महीने से रिपोर्ट नहीं भेजी है। कई रिमाइंडर दिए जा चुके हैं। गयादीन को फाइलें लेकर भेज दिया जाए, रिपोर्ट भी आ जाएगी...।"

"हूं...उस अफसर को कड़ी चिट्ठी लिख दीजिए कि उसकी वजह से एक आदमी को खास तौर पर भेजा जा रहा है जिससे सरकार के समय और रुपये की हानि होती है। साथ ही चेतावनी दे दीजिए कि फिर ऐसा होने पर कड़ी अनुशासनात्मक कार्रवाई की जाएगी। चिट्ठी और फाइलें लेकर गयादीन को कल ही भेज दीजिए।"

साढ़े आठ बजे साहब उठे। चपरासी ने उस दिन इकट्ठी हुई फाइलों का बंडल और एक फाइलकवर में उस दिन का अखबार रखकर कार में रख दिया। साहब घर पहुंचे। उनका सुपुत्र, जो मसूरी के एक अंगरेज़ी स्कूल में पढ़ता था और उन दिनों छुट्टियों पर घर आया हुआ था, बोला, "ओ डैडी,

यू आर अगेन लेट। आई वांटेड टू गो टु ए पिक्चर।" (ओह पिताजी, आपने फिर देर कर दी। मैं पिक्चर जाना चाहता था।)

"आइ एम सॉरी, सन," (बेटा, मुझे अफसोस है।) बड़े साहब ने कहा।

"सनी, रन अलांग, डैडी इज़ टायर्ड," (सनी, जाओ यहां से, पिताजी थके हुए हैं।) मेम साहब ने कहा।

सनी ने कुछ कहने के लिए मुंह खोला ही था कि टेलीफोन की घंटी बज उठी। बड़े साहब ने कहा, "आ हैल ! सनी, सी हू इज़ कालिंग।" (सनी, देखो कौन टेलीफोन कर रहा है।)

"डैडी, मिस्टर यादव वांट्स यू," (पिताजी, मिस्टर यादव आपसे मिलना चाहते हैं।) सनी ने कहा।

बड़े साहब कुछ देर टेलीफोन पर बात करते रहे। बात समाप्त होने पर सनी ने अंगरेज़ी में ही पूछा, "अच्छा, पिताजी, सिनेमा कब दिखाएंगे ?"

बड़े साहब ने उत्तर दिया, "सनी, इस समय परेशान मत करो। मुझे अभी एक भाषण की तैयारी करनी है।"

"भाषण किस विषय पर है ?" मेम साहब ने पूछा।

"भाषण का विषय हैं—सरकारी नीति ने अनुसार निजी तथा सार्वजनिक क्षेत्रों में हिन्दी का प्रचार कैसे बढ़ाया जाए," बड़े साहब ने अंगरेज़ी में कहा और अपने कमरे में चले गए।

('सरिता' से साभार)

भूतनाथ का चेला

श्री विन्ध्यबिहारीलाल, उर्फ विन्ध्या बाबू, भूतपूर्व आफिस सुपरिंटेंडेंट, जिस दिन से रिटायर हुए उसी दिन से उनके लिए समय काटना दूभर हो गया। जब तक नौकरी पर रहे, आफिस-कार्य के अतिरिक्त और कुछ न सीखा, न किया। रिटायर होने पर खाली दिनों को भरने के लिए केवल एक सुनहरे तारों वाला हार और सुनहरे अक्षरों वाला फ्रेम में मढ़ा मान-पत्र रह गया, किन्तु उनसे खाली समय न भर सका। समय काटने के लिए विन्ध्या बाबू ने बछिया पाली, बागबानी की, अपने पोतों को पढ़ाने का प्रयत्न किया, घरेलू डॉक्टर बने, धर्म की ओर ध्यान लगाया, यहां तक कि बुढ़ापे में प्रेम भी कर डाला; किन्तु जीवन का सूनापन न भरना था और न भरा। पिछले दिनों ऐसे ही एक प्रयोग में वे छत से गिर पड़े थे, जिससे सारे शरीर में चोटें आ गई थीं। कुछ दिन तो अस्पताल में पड़े रहे इधर दो महीने से घर पर ही पड़े थे। जीभ हिलाने में तो पहले भी कोई कमी नहीं आई थी—बल्कि तेज़ी ही आई थी—इधर हाथ-पैर भी हिलाने-डुलाने लगे थे और कभी-कभी अपने-आप न केवल बैठ और खड़े हो जाते थे बल्कि कमरे में चल-फिर भी लेते थे। बीमारी के आरम्भ के दिन तो पड़ोसियों अथवा नातेदारों को अपने साहसिक अथवा दुस्साहसिक कार्यों किस्सा सुनाने में अच्छे कट गए, किन्तु ज्यों-ज्यों बीमारी लम्बी होती गई, सुनने वालों की संख्या कम होते-होते बिलकुल ही गायब हो गई। तब विन्ध्या बाबू परेशान हुए कि समय कैसे काटें।

एक दिन विन्ध्या बाबू ने अपने सबसे बड़े बारह वर्षीय पोते चुन्नू को पुकारा। चुन्नू सामने ही बरामदे में बैठा एक पुस्तक पढ़ रहा था, किन्तु उसने आवाज़ नहीं सुनी। विन्ध्या बाबू ने कई आवाज़ें दीं किन्तु वे चुन्नू के कान तक पहुंची ही नहीं, यद्यपि विन्ध्या बाबू की आवाज़ काफी कड़ाकेदार थी। जब विन्ध्या बाबू विशेष जोर से चिल्लाए तब चुन्नू चौंककर उठा और जल्दी से उस पुस्तक को अन्य पुस्तकों के बीच छिपाकर उनके पास आया।

"क्या पढ़ रहा था ?" विन्ध्या बाबू ने पूछा।

"इतिहास की पुस्तक," चुन्नू ने हकलाते हुए उत्तर दिया।

उस दिन तो विन्ध्या बाबू चुप हो गए, किन्तु जब चुन्नू, जो साधारणतः सात बजे से पहले सोकर नहीं उठता था, सवेरे चार बजे उठकर पुस्तक पढ़ने लगा और रात को भी बहुत देर तक इस लगन से पढ़ता रहता कि भोजन करने के लिए भी बहुत डांट-फट-कारकर उठाना पड़ता, तब विन्ध्या बाबू को सन्देह हुआ। एक दिन। अवसर पाकर वह किसी प्रकार उठकर पुस्तकों की मेज़ तक गए और पुस्तकें उलटने लगे। इतिहास तथा भूगोल की पुस्तकों के बीच में दबी हुई एक पतली-सी पुस्तक मिली जिसपर लिखा था :

चन्द्रकान्ता

(उपन्यास)

तीसरा भाग

इक्कीसवां संस्करण

विन्ध्या बाबू वहीं से गरजे—"चुन्नू के बच्चे ! यही है तेरी इतिहास की पुस्तक ?"

चुन्नू ने डरते-डरते कहा—"यह भी एक प्रकार का इतिहास ही है।"

चुन्नू को एक धौल जमाते हुए विन्ध्या बाबू ने डांटा—"एक तो वाहियात किताबें पढ़ता रहता है, ऊपर से झूठ बोलता है ! फिर कभी किस्से-कहानी पढ़ते देखा तो खाल खींच लूंगा।"

वह मेज़ पर किताब पटककर जाने लगे, किन्तु कुछ सोचकर बोले—

"नहीं, तेरे पास छोड़ने से तो तू फिर पढेगा।" और उन्होंने पुस्तक अपने तकिये के नीचे रख दी। बात आई-गई हो गई।

एक दिन तकिया खिसकाते समय पुस्तक नीचे गिर पड़ी। विन्ध्या बाबू ने जिज्ञासावश नाक पर चश्मा चढ़ाकर, पुस्तक के बन्ने उलटने शुरू किए।

पढ़कर पहले तो विन्ध्या बाबू को बड़ा गुस्सा आया 'यह किताब है या तमाशा'—वह बुदबुदाए—'यह भी कोई बात हुई।' (उन्होंने पुस्तक का कुछ अंश ज़ोर से पढ़ा।)

"...पुतली के पेट से ताली निकली। तिलिस्मी किताब में लिखे अनुसार कुमार ने ताली में रस्सी बांधी और रस्सी हाथ में लेकर ताली को ज़मीन पर घसीटते हुए वह बाग में घूमने लगे (इस बाग का हाल हम दूसरे हिस्से में लिख चुके हैं)। एक फव्वारे के पास ताली ज़मीन से चिपक गई...सब लोगों ने उस ज़मीन को खोदना शुरू किया। दो-तीन हाथ खोदा था कि ज्योतिषीजी ने कहा, "अब पहर-भर दिन बाकी रह गया, तिलिस्म से बाहर होना चाहिए...." ज़मीन खोदने पर क्या निकला यह बात अधूरी ही रह गई। पूरी पुस्तक में तिलिस्म, जादू की पुतली, पत्थर पर सोया आदमी, नकाब-पोश, बेहोशी लाने वाली सुघनी या बुकनी, होश में लाने वाला लखलखा, जफील (सीटी), रमल, ऐयारी का बटुआ—जिसमें संसार की सभी चीज़ें रहती थीं, हसीन औरतें, पहाड़ की चोटी पर कैद अपूर्व सुन्दरी राजकुमारी, अपनी प्रेमिका के वियोग में पब्लिक में आंसू बहाने वाले वीर राजकुमार, खोह, तहखाने, अपूर्व खज़ाने, क्षण-भर में औरत, क्षण-भर में साधु बन जाने वाले ऐयार जिनके लिए कुछ भी करना असम्भव नहीं था—यही सब भरा था। धीरेधीरे विन्ध्या बाबू को पुस्तक में इतना आनन्द आया कि वह खाना-पीना भूलकर पूरी पुस्तक चाट गए। किन्तु इससे शान्ति मिलने के बदले अशान्ति बढ़ गई। पुस्तक में बहुत-सी बातें अधूरी रह गई जिनका ज़िक्र या तो पहले और दूसरे भाग में हो चुका था या चौथे में होने वाला था। बहुत देर तक अपने-आप से लड़ने के पश्चात् उन्होंने चुन्नू को बुलाकर पूछा—"इसके और भाग कहां हैं ?"

"वे तो मैं लौटा आया।" चुन्नू ने डरते-डरते कहा।

"आज शाम तक लेकर आना, नहीं तो हड्डी तोड़ दूंगा।"

फिर तो विन्ध्या बाबू ने न केवल 'चन्द्रकान्ता' के चारों भाग पढ़े बल्कि 'चन्द्रकान्ता सन्तति' के चौबीस भाग, 'भूतनाथ' के सोलह भाग और 'रोहतास मठ' के तेरह भाग भी पढ़ डाले और महाराज जयसिंह, सुरेन्द्रसिंह, कुंवर वीरेन्द्रसिंह, भूतनाथ, पं० बद्रीनाथ, रामनारायण, पन्नालाल, पं० जगन्नाथ ज्योतिषीजी, जीतसिंह, तेजसिंह आदि ऐयार और चन्द्रकान्ता, वनकन्या, हसीना आदि पात्र उनके लिए उनके अपने घरवालों से भी अधिक प्रिय हो गए। ऐयारी और ऐयारों ने उनका मन कुछ ऐसा मोह लिया कि उन्होंने ऐयार बनने की ठान ली। भूतनाथ ऐयार को उन्होंने अपना गुरु मान लिया।

विन्ध्या बाबू ने सबसे पहले ऐयारी के बटुए की खोज की। उन्होंने कलकत्ता, बम्बई, दिल्ली, मथुरा आदि की कई कम्पनियों को पत्र लिखे, किन्तु जब बटुआ कहीं नहीं मिला तब उन्होंने एक-एक सामान जोड़कर अपना बटुआ स्वयं तैयार करना आरम्भ किया। वेश बदलने का सामान—जटा, दाढ़ी-मूंछ, विभिन्न वस्त्र—सीटी, पटाखा, चकमक पत्थर, बारूद, कमंद फेंकने के लिए रस्सी आदि तो आसानी से मिल गए किन्तु बुकनी और लखलखा नहीं मिले। इनके बदले उन्होंने क्रमशः क्लोरोफॉर्म और अमोनिया छींकनी घास के सूखे फूलों का चूरा रख लिया। जब बटुआ पूरा हुआ तो उसका वज़न हो गया डेढ़ मन।

विन्ध्या बाबू ने ऐयारी छोड़कर आधुनिक जासूसी की ओर ध्यान दिया। उन्होंने आग्नेयास्त्रों, विषों, ताले तथा सेफ खोलने के तरीकों, विस्फोटकों तथा पुलिस द्वारा खोज में प्रयोग किए जानेवाले उपायों सम्बन्धी तथ्य पर आधारित पुस्तकों से लेकर शर्लक होम्ज़, हक्यू ल पॉइरा, सेक्स्टन ब्लेक, पैरी भेसन आदि विदेशी तथा ज्ञान बाबू जैसे देशी खोजियों तथा जासूसी के कारनामों सम्बन्धी सभी प्राप्य पुस्तकें पढ़ डालीं।

एक दिन उनकी पत्नी ने पूछा, "तुम कोई इम्तहान दे रहे हो ?"

"क्या मतलब ?"

"रात-दिन किताबों में मुंह क्यों दिए रहते हो?"

"तुम्हारी समझ में यह नहीं आएगा।"

"हां, हां, मेरी समझ में क्यों आएगा ! समझ का ठेका तो तुम ने ले रखा हैं। पढ़ने वाले हमारे घर में भी थे, पर ऐसा पागल कोई नहीं बना।"

"तुम्हारे घर में तो रामायण-महाभारत बांचने से आगे कोई नहीं पहुंचा। बहुत हुआ तो किस्सा तोता-मैना के पन्ने उलट लिए—" विन्ध्या बाबू ने कहा किन्तु पत्नी के तेवर देखते ही बोले, "बिगड़ती क्यों है भागवान, ज़हर के बारे में पड़ रहा हूं।"

"हाय ! हाय ! किसे दे रहे हो ज़हर ?"

"खुद ही खाऊंगा जिससे तुम-जैसी मूर्खों से छुट्टी मिले।" विन्ध्या बाबू ने चिढ़कर कहा।

"तो इसमें इतना पढ़ने की क्या ज़रूरत है ? चूहे मारने की दवा तो सब जगह मिलती है।" विन्ध्या बाबू की पत्नी भी बिगड़-कर उत्तर देती हुई वहां से चली गई। विन्ध्या बाबू कुछ देर तक आग्नेय नेत्रों से उसी ओर देखते रहे, फिर अपनी पुस्तकों में लग गए।

विन्ध्या बाबू शरीर से पूर्ण रूप से स्वस्थ हो चुके थे और बाहर आने-जाने लगे थे किन्तु पुस्तकें पढ़ने के पश्चात् उन्हें कोई भी व्यक्ति वैसा नहीं लगता था जैसा वह दिखाई पड़ता था। किसी आदमी का निचला होंठ मोटा तथा लटका हुआ होता तो वह उन्हें डाकू मालूम होता; जिसकी आंखें छोटी तथा चंचल होतीं उसे वह जेबकतरा समझते; चुस्त तथा चालाक दीखने वाले आदमी उन्हें जासूस लगते तथा मोटे-ताज़े बात-बात पर हंसने वाले लोग खूनी। चलते समय किसका हाथ जेब के अन्दर होता तो विन्ध्या बाबू आशा करते कि जब वह व्यक्ति हाथ बाहर निकालेगा, तो उसके हाथ में पिस्तौल अथवा रिवाल्वर होगी। शहर में कहीं भी चोरी, डकैती अथवा खून होता तो विन्ध्या बाबू अपने जासूसी के सिद्धान्त भिड़ाने लगते। उन्होंने एक अतशी कांच (आकावर्धक

कांच), उंगलियों के निशान स्पष्ट उभारने के उपकरण, कैमरा आदि भी इकट्ठे कर लिए थे। सैकड़ों चोरियां, डकैतियां, और खून बिना हल हए पड़े थे और विन्ध्य बाबू कुछ कर दिखाने के लिए उत्सुक थे, किन्तु बेवकूफ पुलिस ने स्वयं कुछ करती थी और न विन्ध्या बाबू से सहायता की प्रार्थना करती थी।

एक दिन विन्ध्या बाबू एक कुत्ते का पिल्ला घर लाए। बच्चे बहुत खुश, किन्तु विन्ध्या बाबू की पत्नी ने आसमान सिर पर उठा लिया। "सारा घर भिरष्ट कर दिया, लेकिन यह रसोई में घुसा तो इसकी टांग ही तोड़ दूंगी।" उसने कहा।

"फिर अपनी टांग की भी खैर मनाना," विन्ध्या बाबू ने धमकी दी।

बच्चों ने पिल्ले की खिलाई-पिलाई अपने ही ढंग से शुरू की। कोई उसे रोटी खिलाता, कोई भात, कोई दूध पिलाता तो कोई कॉफी पिलाने पर उतारू था; कभी-कभी तो वे लोग उसे बिस्कुट, मूंगफली, चने, मुरमुरे, केला आदि खिलाने के प्रयत्नों से भी बाज़ नहीं आते। पिल्ला भी ट्रेनिंग छोड़कर बच्चों के पीछे-पीछे दौड़ता रहता। एक दिन विन्ध्या बाबू बिगड़े, "अरे गधो ! पिल्ले को अनाप-शनाप खिलाकर उसे भी अपने जैसा ही बना देना चाहते हो ? मैं उसकी बुद्धि तेज़ करना चाहता हूं, सिखाना समझाना चाहता हूं जिससे वह अपराधियों को पकड़ सके।"

"तो क्या खिलाग्नोगे मोती-हीरे ?"—बिन्द्रा की मां ने पूछा।

"यह है उसकी खूराक"—विन्ध्या बाबू एक पर्चा पढ़ते हुए बोले, "सवेरे आधा सेर दूध, दो अंडे, एक चम्मच लिवर ऑयल; दोपहर में आधा पाव गोश्त, आधा पाव चावल; तीसरे पहर चार स्लाइस डबलरोटी बिना मक्खन; रात को आधा सेर दूध। तभी इसकी तन्दुरुस्ती बनेगी।"

"इसकी तन्दुरुस्ती तो बन जाएगी लेकिन और सबकी बिगड़ लेगी।" विन्ध्या बाबू के अड़तीस वर्षीय पुत्र बिन्द्रा ने कहा। किन्तु विन्ध्या बाबू ने इस टिप्पणी पर ध्यान नहीं दिया और पिल्ले की ट्रेनिंग में लग गए। उसे थोड़े-से आज्ञासूचक शब्द सिखाने के पश्चात् उन्होंने व्यक्तियों की पहचान करानी

आरम्भ की। इसके लिए वह घर के किसी सदस्य का कपड़ा पिल्ले को सुंघाते और फिर उसे उस व्यक्ति के पास ले जाते जिसका कपड़ा था। पिल्ला बड़ा बेवकूफ निकला। वह विन्ध्या बाबू के प्रयत्नों को खेल समझ बैठा और मज़े लेने लगा, किन्तु विन्ध्या बाबू के घरवालों—विशेषत: बिन्द्रा की मां को यह खेल फटी आंखों न भाया। जब घर के सदस्यों के दो-चार ब्लाउज़, साड़ी, बूशशर्ट, बनियान आदि पिल्ले के तेज़ दांतों के शिकार बन गए तो एक दिन विन्ध्या बाबू की पत्नी ने उनकी अनुपस्थिति में पिल्ले को इतनी बेदर्दी से पीटा कि उसने फिर उस तरफ आने का नाम भी न लिया।

तभी एक दिन आधी रात को मुहल्ले में 'चोर-चोर' का शोर मचा और 'घबराना मत, आते हैं' की आवाज़ें आने लगीं। मुहल्ला बिजली के प्रकाश से जगमगाने लगा।

"क्या चोरी गया ?"

"सोने का जड़ाऊ हार।"

"चार हज़ार का होगा।"

"अजी नहीं, नकली था।"

"नकली नहीं असली था। हमने देखा था। चार का तो नहीं लेकिन दो-तीन हज़ार तक का रहा होगा।"

"और कुछ गया ?"

"और तो पता नहीं चलता।"

"यह तो बड़ा बुरा हुआ।"

"अभी तो चोरियां ही हो रही हैं। कुछ दिन में दिन-दहाड़े गर्दनें कटेंगी। पुलिस कुछ करती ही नहीं।"

"करे कैसे, चोरों से साठ-गांठ जो रहती है।"

"गश्ती पुलिस कहां है ?"

"पड़ी होगी किसी अड्डे पर। किसीको थाने दौड़ाओ रपट लिखाने।"

"दौड़ाने से कुछ नहीं होगा। सवेरे से पहले तो कोई रपट लिखने से रहा। मेरी घड़ी चोरी हो गई थी। मैं रपट लिखाने थाने गया, सालों ने दो घंटे खड़ा

रखा, फिर भी रपट नहीं लिखी। लिखना किसका, किसीने सीधे मुंह बात भी नहीं की।"

इसके बाद सबने पुलिस से सम्बन्धित अपने कटु अनुभव सुनाए।

तभी विन्ध्या बाबू अपने हर्बे-हथियारों से लैस होकर घटना-स्थल पर पहुंच लिए। हाथ में आकारवर्धक शीशा, एक कंधे पर कैमरा लटका हुआ, दूसरे पर उंगलियों के निशान लेने का उपकरण। उन्हें इस वेशभूषा में पहले तो कोई पहचाना नहीं। किसी ने कहा 'पुलिस आई' किसी ने कहा 'खुफिया है। पहचानने पर सबने आश्चर्य से पूछा, "अरे ! विन्ध्या बाबू, यह क्या हुलिया बना रखा है ?"

विन्ध्या बाबू ने अपने जासूस बनने का हाल बड़े प्रेम से सुनाया। बेचारे कार्य आरम्भ करने ही वाले थे कि पुलिस पहुंच गई और उसने भीड़ को घर से बाहर निकालकर दरवाज़े पर पहरा बैठा दिया। विन्ध्या बाबू बड़ी अकड़ से अन्दर जाने लगे। पुलिस वाले ने कहा :

"ऐ बुड्ढे ! कहां जा रहा है ?"

विन्ध्या बाबू तड़पकर बोले, "ज़ुबान संभालकर बोलो। जानते नहीं किससे बात कर रहे हो ?"

"मुझे तो जानने की ज़रूरत नहीं, लेकिन तुम अगर फौरन यहां से नहीं गए तो तुम्हें अभी पता चल जाएगा कि तुम किससे बात कर रहे हो।'—पुलिस के जवान ने कहा।

विन्ध्या बाबू ने छोटे आदमी के मुंह लगना उचित नहीं समझा। इन्स्पेक्टर जनरल ऑफ पुलिस होता तो कोई बात भी थी।

पुलिस ने घरवालों तथा घर के नौकर से प्रश्न करके जो सूचना प्राप्त की उसका सार यह है : हार घर की मालकिन के सन्दूक में बन्द था और सन्दूक की चाबी मालकिन के पास रहती थी—तब भी थी। चाबी चोरी नहीं गई थी। संदूक सोने के कमरे में था और सोते समय दरवाज़ा मालिक ने अपने हाथों बन्द करके चटखनी चढ़ा दी थी। बाहर से दरवाज़े को कई बार हिलाने से चटखनी खुल जाती थी, किन्तु दरवाज़ा उतना हिलने

से उनकी नींद निश्चित रूप से खुल जाती। उन्होंने बाहर के आदमी की दी हुई कोई चीज़ नहीं खाई थी—सिवाय प्रसाद के (नौकर ने बताया) जो साधु बाबा ने दिया था। मकान मालिक और मालकिन को पूरा विश्वास था कि प्रसाद खाने से उन्हें किसी प्रकार की बेहोशी अथवा अस्वाभाविक नींद नहीं आई थी। रात को मकान मालकिन की नींद हवा के ठंडे झोंके से खुली और उन्होंने दरवाज़ा खुला पाया। पहले तो वह समझीं कि उनके पति बाहर गए होंगे, किन्तु जब उन्हें पास के पलंग पर सोते पाया तो घबराकर उन्हें जगाया। बिजली जलाकर स्वभावत: सबसे पहले ज़ेवर का सन्दूक देखा जो खुला पाया गया।

साधु ? साधु का नाम-पता नहीं मालूम। दो-तीन बार मकान मालिक की अनुपस्थिति में आया था। उसकी बताई हुई बहुत-सी बातें सच थीं। कुछ पूजा-पाठ कराने की बात थी इसी, सम्बन्ध में आता था।

नौकर लगभग आठ साल से था और पूर्णतः विश्वासपात्र था। घरवालों को किसी भी जाने-पहचाने व्यक्ति पर सन्देह नहीं था...आदि।

पुलिस अपना काम समाप्त करके चली गई। विन्ध्या बाबू ने फिर अपना काम करना चाहा किन्तु तब तक हाल-चाल पूछने वालों की भीड़ फिर घिर आई थी। लाचार होकर बेचारे विन्ध्या बाबू अपना-सा मुंह लेकर लौट आए।

"मेरा विश्वास है," इन्स्पेक्टर मेघनाथसिंह ने कहा, "कि चोर, हत्यारा और आग लगाने वाला, दुर्घटना करने के पश्चात् घटना-स्थान पर अवश्य जाता है। गम्भीरसिंह ! ज़रा पता लगाओ कोई नया साधु किसी अड्डे पर आया है ?"

रात के लगभग बारह बजे थे। विन्ध्या बाबू ने अपने ऐयारी के बटुए (जो वास्तव में एक बोरा था) में से वेश बदलने का सम्मान निकालकर साधु का वेश बनाया और एक जेबी टॉर्च तथा आकारवर्धक शीशा लेकर चोरी वाले मकान की ओर चल दिए। अपने स्वाभाविक रूप में जाने से दिन में तो दो बार

धक्के खा चुके थे फिर रात को कौन उनसे बात करता। किन्तु साधु के लिए क्या दिन और क्या रात! घर के अन्दर नहीं जा सकते तो क्या हुआ, बाहर ही कुछ खोज कर लेंगे—विन्ध्या बाबू ने सोचा।

चारों ओर सन्नाटा था। इधर-उधर आहट ले और आंखें गड़ा-गड़ाकर देखने के पश्चात् विन्ध्या बाबू ने टॉर्च जलाई और खिड़कियों के नीचे पैरों के निशान तथा खिड़कियों पर उंगलियों के निशान खोजने लगे। एक खिड़की का निरीक्षण करके दूसरी के पास जाकर ज्योंही उन्होंने टॉर्च जलाई, एक भारी हाथ उनकी गुद्दी पर पड़ा और इन्स्पेक्टर मेघनाथसिंह का गर्जन सुनाई पड़ा, "उल्लू के पट्ठे! अब भागकर कहां जाएगा! निकाल हार, नहीं तो हड्डियों का बुरादा बना दूंगा।"

मिनटों में भीड़ इकट्ठी हो गई। पुलिस इन्स्पेक्टर और पब्लिक ने हज़ार सवाल पूछे किन्तु विन्ध्या बाबू चुप, इस डर से कि कोई पड़ोसी आवाज़ न पहचान ले। इन्स्पेक्टर ने घर के नौकर को बुलाकर पूछा, "यही है वह साधु?"

नौकर के मना करने पर इन्स्पेक्टर ज़रा चकराया, फिर बोला, "अरे यह साला भी चोरों के ही दल का होगा। यहां नहीं बोलेगा, इससे थाने जाकर बात करूंगा।"

इन्स्पेक्टर की मुद्रा देखकर घर की मालकिन चिल्लाई, "नहीं, नहीं, पुलिस जी, मारना मत। साधु को मारने से पाप लगेगा।"

"आप चिन्ता न करे बहन जी! मैं तो इससे बड़े प्यार से पूछूंगा।' इन्स्पेक्टर ने कहा किन्तु उसका चेहरा तथा बन्द होती-खुलती मुट्ठियां देखकर किसीने भी यह समझने में भूल नहीं कि इन्स्पेक्टर का प्यार कैसा होगा।

विन्ध्या बाबू इन्स्पेक्टर के साथ पुलिस स्टेशन चल दिए। पीछे मुहल्ले वालों की भीड़ थी। यद्यपि भीड़ को थाने से बाहर ही रोक दिया गया था फिर भी लोग खिड़कियों और दरवाज़ों से झांक रहे थे। विन्ध्या बाबू को कमरे में ले जाकर इन्स्पेक्टर ने दो सिपाहियों को उनके पीछे खड़ा कर दिया और अपने-आप कुर्सी पर बैठ कर बोला, "बताओ बेटा, हार कहां है?"

विन्ध्या बाबू चुप ही रहे। इन्स्पेक्टर ने आंख से इशारा किया और पीछे खड़े एक सिपाही ने विन्ध्या बाबू के सिर पर एक झापड़ दिया। झापड़ लगते ही विन्ध्या बाबू की नकली जटा गिर पड़ी है। कुछ क्षण के लिए इन्स्पेक्टर और सिपाही हक्के-बक्के रह गए। दूसरे सिपाही ने हाथ बढ़ाकर मशहूर ऐयार भूतनाथ के चेले विन्ध्या बाबू की दाढ़ी भी नोच फेंकी। बाहर खड़ी भीड़ में तहलका मच गया। 'विन्ध्या बाबू चोर', 'विन्ध्या बाबू चोर' का शोर चारों ओर गूंज उठा। एक आदमी खबर करने उनके घर पर दौड़ गया।

इन्स्पेक्टर ने लोगों से पूछा, "कौन है यह ?"

"अजी यह तो अपने मुहल्ले के विन्ध्या बाबू हैं।"

"क्या ज़माना आ गया है ! इतना इज़्ज़तदार आदमी और चोर !" एक ने टिप्पणी की।

"अजी किसीके माथे पर थोड़ा ही लिखा रहता है। ऊपर से बड़े भगत और ईमानदार बनते थे और भीतर यह हाल।" एक व्यक्ति, जो विन्ध्या बाबू के दफ्तर में काम करता था और उनसे विशेष चिढ़ा लगता था, बोला, "इन्हीं महाशय के कारण एक बार मेरी नौकरी जाते-जाते बची। मैं बच्चों के लिए दफ्तर से थोड़े-से कागज़-पेन्सिल ले आया तो इन्होंने मेरी रिपोर्ट कर दी और मुझे निकलवाने पर तुल गए। वह तो साहब भला आदमी था नहीं तो इन्होंने कोई कसर नहीं छोड़ी थी। और यह धर्मावतार मुहल्ले में ही चोरी करते हैं।"

"इनके रंग-ढंग तो बहुत दिन से खराब थे। एक बार एक बुढ़िया से इश्क लड़ा बैठे थे।" कोई और व्यक्ति बोला।

"अब कहिए, आपको क्या कहना है।"—इन्स्पेक्टर ने कहा।

विन्ध्या बाबू ने सोचा, इतनी बेइज़्ज़ती तो हो ही गई। सफाई देकर हंसी उड़वाने से क्या लाभ ! वह चुप हो रहे। इन्स्पेक्टर ने कहा, "यह नहीं बताएगा। इसके घर की तलाशी ली जाए।"

तलाशी में बिन्ध्या बाबू का ऐयारी का बटुआ और जासूसी की पुस्तकें

पुलिस के हाथ लगीं। फिर क्या था, पुलिस का सन्देह और भी पुष्ट हो गया। विन्ध्या बाबू के ऊपर और कड़ी निगरानी हो गई। घर वालों ने लाख समझाया कि विन्ध्या बाबू शौकिया ऐयार और जासूस थे, लेकिन, इन्स्पेक्टर क्यों मानने लगा बल्कि वह और भी चिढ़ गया।

"जो काम हमारा है, उसे यह सठियाया हुआ बुड्ढा करेगा !" उसने कहा और विन्ध्या बाबू को उनके बटुए के साथ फिर थाने की ओर ले जाने लगा। विन्ध्या बाबू की पत्नी की सहन-शक्ति की सीमा पार हो गई। उसने चूल्हे से एक बुझी हुई लकड़ी ली और इन्स्पेक्टर के ऊपर झपटती हुई गरजी :

"देखती हूं कौन इनको हाथ लगाता है। एक-एक का मुंह झुलसा दूंगी। छाती पर चढ़कर खून पी जाऊंगी। हमपर चोरी लगाने वालों की ज़ुबान में कीड़े पड़ें, उनके खसम मरें, उनके बच्चे मरें...उनके..."

"बस करो बहिन जी।"—वह औरत चिल्लाई जिसका हार चोरी गया था। "भगवान के लिए मेरे बच्चों को मत कोसो। मेरा हार मिल गया।"

"हार मिल गया ?" सबने आश्चर्य से पूछा।

"हार मैंने ही छिपा रखा है।"

"कहां है ?"

"चलो बताती हूं।" उसने कहा। सब उसके पीछे चले।

पूजा-घर के फर्श के एक कोने को खोदकर उसने एक हंडिया बाहर की और उसमें से हार निकालकर दिखा दिया।

"लेकिन आपने ऐसा क्यों किया ?" इन्स्पेक्टर ने कड़े स्वर में पूछा।

"एक साधु आया था"—उसने रोते हुए कहा, "उसने कहा कि पूजा करने से ज़ेवर दुगने हो जाएंगे। तीन दिन तक गाड़कर रखने होंगे। तीसरे दिन पूजा करके निकाले जाएंगे। कल साधु बाबा पूजा करके हार निकालते।"

"अगर गड़े थे तो झूठमूठ चोरी का शोर क्यों मचाया ?"

"क्या करती ? साधु बाबा ने कहा था कि तीन दिन से पहले निकालने से सारा ज़ेवर मिट्टी हो जाएगा, लेकिन मैंने जिस दिन दबाया उसी शाम

को उन्होंने (अपने पति की ओर संकेत करके) कहा कि अगले ही दिन किसी पार्टी में वही हार पहनकर जाना पड़ेगा। मैंने बहुतेरा टाला लेकिन जब यह नहीं माने तो मुझे यह नाटक रचना पड़ा।"

"विन्ध्या बाबू न होते तो आपका हार कल तक दबा रहता और फिर साधु महाराज उसे लेकर चम्पत हो जाते। फिर कभी ऐसी गलती मत कीजिए।'—इन्स्पेक्टर ने कहा।

सबने विन्ध्या बाबू का धन्यवाद किया, उनसे क्षमा मांगी, किन्तु वह इस कांड से इतने लज्जित हुए कि उसी समय से तीर्थ-यात्रा पर जाने की तैयारी करने लगे।

चूहों की दुम

अंधेरपुर नगरपालिका का स्टोरकीपर उन दिनों काफी परेशान था। जनता की वर्षों पुरानी मांग के फलस्वरूप एक जांच-कमेटी बैठने वाली थी, जिसे इस बात पर खोज करनी थी कि नगरपालिका वर्षों से जो डी० डी० टी० खरीदती जा रही है उसका क्या उपयोग है। नगर में गन्दगी इतनी बढ़ गई थी कि उसकी दुर्गन्ध अब राजधानी तक पहुंच रही थी। मच्छर, कीड़े-मकोड़े तो थे ही, इधर चूहे भी इतने बढ़ गए थे कि यह निश्चित कर पाना कठिन हो गया था कि नगर पर कीड़े-मकोड़ों का साम्राज्य था या चूहों का। यों तो कितनी ही जांच-कमेटियां आईं और गईं किन्तु इस बार कठिनाई यह हुई कि यद्यपि खातों के हिसाब से तो सारा डी० डी० टी० जनता के स्वास्थ्य हितार्थ खर्च किया जा चुका था, तथापि वास्तव में वह गोदाम भरा पड़ा था और उधर कोई व्यापारी आधे दाम पर भी उस माल को उठाने के लिए तैयार नहीं था। उनका कहना था कि डी० डी० टी० के पुराना होने के कारण उसका असर उतर गया और मच्छर, कीड़े-मकोड़े आदि उसके प्रभाव से मरने के बदले अधिक स्वस्थ तथा खूंख्वार होते जा रहे थे।

स्टोरकीपर ने स्वास्थ्य-विभाग के अधिकारियों से सलाह की। डी० डी० टी० का सारा स्टॉक नगर को नालियों और सड़कों पर छिड़कवा दिया गया। जिन मुहल्लों में नगरपालिका के सदस्य रहते थे, उनपर अधिकारियों की विशेष कृपा हुई। उस डी० डी० टी० से मच्छर तथा अन्य कीट-पतंग

तो नहीं मरे, किन्तु उसमें इतना प्रभाव अवश्य शेष रह गया था कि नगर की सब बिल्लियां मर गईं। बिल्लियों के मरते ही नगर पर चूहों का राज्य हो गया।

डी० डी० टी० का स्टॉक इस प्रकार खर्च होने से जनता का तो कुछ भला हो न सका, हां लाला सत्यप्रकाश झुठारिया का कारबार ज़रूर मन्दा पड़ गया। जानकार लोगों ने पूछा, "लालाजी, डी० डी० टी० तो नगरपालिका में रहा नहीं, अब क्या करोगे ?"

"देखो भाई जी, जिसने मुनिसपाल्टी बणाई, वही तरकीब भी निकालणे सके है। पैसा तो हमने पब्लिक से ही लेणा है। चाहे डी० डी० टी० हो या कोई होर चीज''—लाला सत्यप्रकाश झुठारिया ने कहा।

लालाजी ने नगरपालिका के चेयरमैन श्री बनारसीलाल से बात की। अब, लोग कहते हैं कि श्री बनारसीलाल का पान का 'बिज़नेस है। यह बात ठीक भी है। नगर में पान का थोक व्यापार केवल वे ही कर सकते हैं। चेयरमैन बनने से पहले श्री बनारसीलाल, बनारसी पनवाड़ी थे। यही पांच-सात रुपये रोज़ का धंधा था। उनके चेयरमैन बनने के बाद जिस किसीने बाहर से पान मंगाया, उसका माल चुंगियों पर कई-कई दिनों पड़ा सड़ता रहा। नतीजा यह हुआ कि अब श्री बनारसीलाल ज़िले में पान के अकेले थोक-व्यापारी रह गए। सुना है लाला सत्यप्रकाश झुठारिया और श्री बनारसीलाल में कोई गहरा रिश्ता है। श्री बनारसीलाल के चुनाव का सारा खर्च लाला सत्यप्रकाश झुठारिया ने ही उठाया था।

लालाजी ने चेयरमैन साहब से बात की और योजना के अनुसार उन्होंने धड़ाधड़ चूहेदान बनवाने आरम्भ कर दिए। श्री बनारसीलाल ने उन्हें आश्वासन दिया था कि नगरपालिका एक मास तक चूहों की ओर बिलकुल ध्यान नहीं देगी। आश्वासन के अतिरिक्त एक गुप्त सलाह भी दी थी।

चूहे बढ़ रहे थे और बिल्लियां मर ही चुकी थीं। कुछ दिनों तक तो चूहेदान ऐसे बिके जैसे राशन के दिनों में कंट्रोल का गेहूं। लोगों की पंक्तियां बहुत लम्बी होतीं। किन्तु एकाएक चूहेदानों की बिक्री जाने क्यों

ठप्प पड़ गई ! लोगों का कहना था कि चूहेदान इतने कमज़ोर बने थे कि चूहे उन्हें तोड़कर भाग जाते थे। बच्चों का पेट काटकर तो उसमें रोटी डालते थे। बच्चे कमज़ोर हो रहे थे और चूहे मोटे। जनता के हितार्थ नगरपालिका ने लाला सत्यप्रकाश झुठारिया का बनाया चूहेदानों का पूरा स्टाक जनता में मुफ्त बांटने के लिए खरीद लिया, किन्तु जनता तो उन्हें मुफ्त लेने के लिए भी तैयार नहीं थी। बेकार कौन रोटी का भी नुकसान करे !

लाला सत्यप्रकाश तथा नगरपालिका के कर्मचारियों की आमदनी में कमी होने लगी, अत: कुछ न कुछ तरकीब तो निकलनी ही थी। नगरपालिका की कार्यकारिणी की एक विशेष व आवश्यक बैठक में सर्वसम्मति से यह प्रस्ताव पास हुआ कि जिस व्यक्ति को नगरपालिका से कुछ भी काम लेना होगा उसे चूहों की इक्कीस दुमें नगरपालिका के दफ्तर में जमा करनी होंगी। सभी नागरिकों को सदा ही नगरपालिका से कुछ न कुछ काम रहता है। मकान का नक्शा पास कराना, हाउस-टैक्स, वाटर-टैक्स जमा कराना, साइकिल, रिक्शा, तांगे के लिए पास बनवाना या फिर चुंगी का मामला। चूहेदानों की बिक्री और उनका मुफ्त वितरण फिर बढ़ गया। यह बात अलग थी कि मुफ्त लेने पर पैसे ज़्यादा ही लगते थे।

कुछ दिन बाद बिक्री फिर घटी। नगरपालिका में चूहेदान जहां मुफ्त बंटते थे वहां जो भीड़ दिखाई देती थी, वह अब उस कमरे के पिछले दरवाज़े पर दिखाई देने लगी जहां चूहों की दुमें जमा कराई जाती थीं। जब चूहों की दुम खरीदी जा सकती थीं तो फिर चूहे पकड़ने का झंझट कौन करे ! लाला सत्यप्रकाश को बहुत गुस्सा आया। खरीदना-बेचना तो उनका काम था। नगरपालिका के कर्मचारी ऊपर ही ऊपर यह काम कर लें, इसे वे कैसे सहन करते ! उन्होंने कुछ और खर्च किया। चेयरमैन की आज्ञा से सदा की भांति समाचारपत्रों में विज्ञप्ति छपी, मुहरबन्द टेंडर मांगे गए और अन्त में लाला सत्यप्रकाश झुठारिया को चूहों की दुमें इकट्ठी करने और उन्हें ठिकाने लगाने का ठेका मिल गया। जनता को किसी

प्रकार का कष्ट नहीं हुआ। कहते हैं कि चूहों की दुमों के चलते लाला सत्यप्रकाश झुठारिया ने तो जो कमाया सो कमाया ही, उनके मुनीमों ने भी एक-एक दुमंजिला मकान बनाकर भाड़े पर उठा दिया।

लेकिन इधर कुछ दिनों से दुमों की बिक्री फिर कम हो गई थी और पहले आने वाली सूखी दुमों के बदले अब बिलकुल ताज़ी दुमें आने लगी थीं। अधिकांश इतनी ताज़ी होतीं कि लाल-लाल ताज़े खून से सनी होतीं और लगता कि खून अब टपका और तब टपका। कुछ दिनों तो लालाजी और उनके मुनीम इसी बात पर विचार करते रहे और पता लगाते रहे कि आखिर कौन-सा ऐसा चूहेदान बन गया जिससे इतनी सरलता से चूहे पकड़े जाने लगे हैं जिसे देखो वही चूहों की इक्कीस दुमें, और वे भी ताज़ी बिलकुल ताज़ी, लिए चला आ रहा है ! दुमों को गौर से या छूकर कौन देखता ! दूर से ही गिन-गिनकर एक बड़े ड्रम में डलवा दी जातीं और भंगी उन्हें ठिकाने लगा देते।

आखिर एक दिन लालाजी को कुछ सन्देह हुआ। थे तो वे पक्के व्यापारी न ! उन्होंने मन ही मन अपने इष्ट देवताओं से यह पाप करने के लिए पेशगी क्षमा मांग ली और एक ताज़ी दुम को छूकर देखा, और छूते ही वे गरज उठे, "यह ज़माना आ गया है ! धरम-ईमान तो दुनिया से जैसे उठ ही गया ! चूहे की दुमों में भी मिलावट !"

मुनीमों ने भी कान खड़े किए। चूहों की दुमों की परीक्षा की गई। सभी प्लास्टिक की बनी थीं। खोज करने पर पता चला कि वे दीवान (सन्तरामल) सन्तराम की प्लास्टिक फैक्टरी में तैयार होती थीं।

दीवान (सन्तरामल) सन्तराम का नाम सन्तरामल इसलिए पड़ा था कि जब वे पंजाब से भागकर आए थे तो एक रेहड़ी पर सन्तरों का ढेर लिए रस बेचते फिरते थे। उनका व्यापार चमका और उन्होंने नकल करने में जापानियों को भी पीछे छोड़ दिया। नकल चाहे देसी घी की हो, चाहे चूहे को दुम की—दीवान सन्तराम के लिए एक ही बात थी।

लालाजी ने नगरपालिका के कर्मचारियों से फिर समझौता-वार्ता चलाई।

उन्होंने कहा, "बाबू साब, यह सन्तरामल तो बड़ा बदमाश निकला। अब तो कुछ करना ही पड़ेगा।"

"क्या कर सकते हैं ?" बाबू ने पूछा।

"आप सब कुछ कर सकते हैं। आपकी थोड़ी-सी मदद हो जाए, फिर मैं इस सन्तरामल से निबट लूंगा।"

"लेकिन मैं क्या कर सकता हूं ?"

"समझ लीजिए शहर में अब चूहे नहीं बचे।"

"लेकिन ऐसा कैसे समझ लें ? जब चूहे पहले से भी ज़्यादा हैं !"

"कैसी बात करो हो, बाबूजी ? अच्छा यह बताओ कि चूहड़ा बस्ती में हैज़े से कितने आदमी मरे थे ?"

"काफी ज़्यादा मरे थे,"—बाबू ने टालते हुए कहा।

"टालो मत बाबूजी, मुझे पता है। तीन सौ सैंतीस आदमी मरे थे। पूरे के पूरे घर साफ हो गए थे। कोई लाश उठाने वाला भी नहीं था। कितने ही दिनों तक लाशें घरों में सड़ती रही थीं, लेकिन आपके दफ्तर के हिसाब से कुल उन्नीस आदमी मरे थे—वे भी बदहज़मी से। तो बाबू साहब, जब आदमियों की लाशें होकर भी नहीं होतीं तो चूहे होते हुए भी न हों, इससे क्या फर्क पड़ता है, क्या मुश्किल है ?" लाला सत्यप्रकाश हंसकर बोले।

नगरपालिका में चिट्ठियां आने लगीं कि नगर में चूहे बचे ही नहीं, इसलिए इक्कीस चूहों की क्या, एक चूहे की भी दुम लाना असम्भव हो गया था। अतः चूहों की दुम वाला ऑर्डर रद्द किया जाए। कुछ गुमनाम पत्र ऐसे भी आए जिनमें वास्तविक परिस्थिति का उल्लेख था। किन्तु लाला सत्यप्रकाश झुठारिया के प्रयत्नों से इस सच को सन्तरामल की बदमाशी ठहराकर झूठ बना दिया गया।

सरकारी तौर पर नगर में चूहे नहीं रहे। लाला सत्यप्रकाश ने नगरपालिका के चेयरमैन से फिर से सलाह की और जो सौ बिल्लियां उन्होंने अपने फार्म पर पाली थीं उन्हें शहर में मंगवा लिया। कुछ दिन तो बिल्लियां चुपचाप किराये पर चलती रहीं फिर संख्या बढ़ने के डर से कुत्तों के भाव बेची जाने लगीं।

जांच-कमेटी की रिपोर्ट के अनुसार जनता के सारे आरोप निराधार सिद्ध

हुए। नगरपालिका जनता के स्वास्थ्य के लिए जो प्रयत्न कर रही थी, वह प्रशंसनीय ठहराया गया। नगरपालिका द्वारा डी० डी० टी० अधिक मात्रा में खरीदा जाने के लिए अतिरिक्त फंड की। सिफारिश की गई। नगरपालिका के गोदाम में फिर डी० डी० टी० का स्टाक भर गया। जनता के घरों में फिर बिल्लयां आ गई। लाला सत्यप्रकाश का पुराना व्यापार फिर चल निकला और हम फिर वहीं पहुंच गए जहां से कहानी आरम्भ हुई थी। अन्तर केवल इतना पड़ा। कि इस बीच हुए जनता के लाखों रुपयों के हेर-फेर के बदले जनता के हाथों लगीं चूहों की कुछ असली और कुछ नकली में!

जब नवाब साहब ने मोटर खरीदी

मीर साहब ने ड्योढ़ी के भीतर पांव रखा ही था कि उनका नौकर ईदू सामने आकर बोला, "आपको नवाब साहब बड़ी देर से याद कर रहे हैं; कल्लू कई बार आ चुका है।"

"क्या बात है ?" मीर साहब कुछ घबराकर बोले।

"मालूम नहीं। कल्लू कहता था कि हाथ में एक खत लिए बैठे हैं और उसे ही चारों तरफ से उलट-पुलटकर देख रहे हैं और आपको याद कर रहे हैं।"

"खत ? कैसा खत ?"

"कहता था कि विलायत से आया है।"

"विलायत से ? या खुदा रहम !" मीर साहब ने कहा और लपके अपने जिगरी दोस्त नवाब लल्लन की हवेली की ओर। चौक लखनऊ के नवाब लल्लन उन लोगों में से थे जिनके लिए ज़माना एक टांग पर खड़ा रहता है। जो तबाह हो जाएंगे, मर जाएंगे, किन्तु बदलेंगे नहीं। अब यही देखिए न कि सारी दुनिया के साथ-साथ लखनऊ में भी नयेपन की लहर दौड़ रही है। यहां भी सब कुछ नया है; मकान, मोटर, लड़कियां, कपड़े सब स्ट्रीमलाइंड होते जा रहे हैं, लेकिन नवाब लल्लन कभी बदले न बदलेंगे। जाड़ा हो या गर्मी, बरसात हो या बसन्त, वे पहनेंगे वही चिकन का अंगरखा और सिर से चिपकी हुई टोपी। हर दिन एक से एक नई मोटर निकल रही है बल्कि अपनी पोती सुरैया के कहने पर उन्होंने

एक मोटर खरीद भी ली थी किन्तु अपने-आप चढ़ते थे अपनी फिटन पर ही। शहर लखनऊ इस ज़माने में इतना फैला है कि बढ़ते-बढ़ते एक तरफ बाराबंकी से मिलने की तैयारी में है तो दूसरी ओर कानपुर से और आश्चर्य नहीं कि एक दिन रायबरेली और सीतापुर भी लखनऊ के मुहल्ले गिने जाएं जैसे नरही और नखास। तात्पर्य यह कि लखनऊ बढ़ रहा है और एक से एक भव्य महल-अटरियां यहां बन रहे हैं, परन्तु नवाब लल्लन अब भी चौक की उन्हीं गलियों में रहते हैं जहां जून के महीने का सूरज भी झांक नहीं सकता। अब और क्या कहें, उनके लिए तो अभी तक हिन्दुस्तान में नवाब कम्पनी बहादुर का राज है। तो वही नवाब लल्लन आज परेशान थे और उनके जिगरी दोस्त मीर साहब उनकी परेशानी का कारण जानने के लिए चौक की ओर लपके चले जा रहे थे। दरवाज़े पर पहुंचते-पहुंचते मीर साहब ने हांक लगाई, "अमां नवाब साहब ! मैंने कहा नवाब भाई अन्दर तशरीफ रखते हैं क्या ?"

अन्दर से नवाब साहब ने कल्लू को आदेश दिया, "मीर साहब को बाइज़्ज़त अन्दर ले आओ।"

मीर साहब बाइज़्ज़त अन्दर गए और नवाब साहब से बोले, "नवाब साहब, खैरियत तो है ? खुदा कसम, ज्योंही ईदू की ज़ुबानी सुना कि आपके दुश्मन कुछ परेशान हैं, सिर पर पांव रखे भाग आया। खुदा आपको सलामत रखे माजरा क्या है ?"

"मीर साहब...यह खत..." नवाब साहब धीरे से बोले।

"यह खत ! खुदा खैर करे ! कहां से आया है, क्या लिखा है ? क्या आपके नवाब कम्पनी बहादुर ने भेजा है ?"

"जी नहीं।"

"मैंने तो सुना है कि विलायत से खत आया है।"

"विलायत से तो आया है, लेकिन अमरीकी विलायत से।" नवाब साहब बोले।

"अमरीकी विलायत से ? मैं समझा नहीं।" मीर साहब ने कहा।

"मीर साहब, समझा तो मैं भी नहीं। इसीलिए तो आपको तकलीफ

दी है।"

"तकलीफ की कोई बात नहीं, खादिम हूं। खत में लिखा क्या है ?"

"मुझसे पूछ रहे हैं ? अल्ला आपको सलामत रक्खे, यह हिकमत तो आपने ही सीखी है। यहां तो कई पुश्तों से आज तक काला अक्षर भैंस बराबर समझा है। दादा जान मरहूम, अब्बाजान मरहूम और खाकसार सबने कसम खाई थी कि मदरसे और मौलवी का मुंह नहीं देखेंगे। अपना तो मदरसा था चौबारे की छत और मौलवी थे शहर के मशहूर व मारूफ पतंगबाज, बटेरबाज़ और तीतरबाज़। वह तो इस ज़ईफी में यह दिन देखना पड़ा कि अपनी बेटी सुरैया को मदरसे भेजना पड़ा नहीं तो...हां ज़रा पढ़िए तो क्या लिखा है।"

"यह तो किसी मोटर कम्पनी का खत है। लल्लन भाई,मोटर खरीदने का इरादा है क्या ?" मीर साहब ने पूछा।

"मीर साहब, यहां रोज़े से जान छुड़ाना चाहते हैं आप नमाज़ भी गले मढ़ रहे हैं। एक मोटर खरीदी थी, दो साल से उसीके पीछे परेशान हैं। जी चाहता है कि एक दिन आग लगाकर एकबारगी फुर्सत पा जाऊं। न रहे बांस न बजे बांसुरी।"

"आखिर हुआ क्या ?"

"मीर साहब, यह पूछिए कि क्या नहीं हुआ। जान ही नहीं निकली बाकी सब काम पूरे हो चुके हैं। समझ लीजिए कि सफेद हाथी बांध लिया है।"

"मोटर तो आपकी बहुत अच्छी है फिर इतने परेशान क्यों हैं ?"

"अजी खाक अच्छी है, मोटर भी कोई सवारी है ! वह तो सुरैया इतना ज़ोर न देती तो हम मोटर की मनहूस शक्ल भी न देखते। न इसका यह पता कि कब चलेगी, न यह कि कब रुकेगी और रुकेगी भी तो कहां रुकेगी। अभी उस दिन नवाब झम्मन की मोटर सड़क पर तो रुकी नहीं, जाकर एक पेड़ से टकराई तब रुकी। शीशे-वीशे सब चकनाचूर हो गए और कई जगह से पलस्टर उड़ गया। हमने नवाब झम्मन से पहले ही कहा था—अमां बुढ़ौती में यह सब लौंडियारपन अच्छा नहीं लगता, लेकिन बोले कि नहीं चलाकर

ज़रूर देखेंगे। दे गई न ऐन मौके पर दगा।"

"लेकिन भाई जान," मीर साहब बोले, "इसमें तो नवाब झम्मन की गलती थी। उन्हें ही मोटर हांकना नहीं आया।"

"मीर साहब, मालूम होता है आप भी सठिया गए हैं। अरे भाई कोई जानदार चीज़ हो, जिसके दिल-दिमाग हो, जिसपर समझाने-बुझाने का कोई असर पड़ता हो, उसे तो कोई हांके भी। भला इस लोहे के ढेर से कोई अपना सर मारने लगे तो क्या नतीजा होगा। हमारी तो समझ में ही नहीं आता कि इससे ऐसा क्या फायदा है जो लोग इसके पीछे दीवाने रहते हैं।"

"फायदे तो लल्लन भाई बहुत-से हैं।" मीर साहब ने कहा।

"मसलन ?" नवाब साहब ने चुनौती दी।

"मसलन एक तो यह कि तेज़ बहुत चलती है और... ।"

"अजी खाक तेज़ चलती है। मीर साहब, मुआफ कीजिए, तेज़ी आपने नहीं देखी। वाह ! क्या तजुर्बा था वह भी !"

"क्या कोई खास तजुर्बा था ?"

"खुदा के फज़ल से जिस तेज़ सवारी में हम बैठे हैं, फरश्ते भी नहीं बैठे होंगे। जी हां।"

"अच्छा ? वह कौन-सी सवारी थी ?" मीर साहब ने साश्चर्य पूछा।

"अब आपसे क्या अर्ज़ करूं। समझ में नहीं आता कि उस सवारी को किस नाम से पुकारूं, फिर सुनाते हुए हिचकता भी हूं।"

"हिचकते किसलिए हैं ?"

"यही सोचता हूं कि सुनकर कहीं आप यकीन न करें। इसी डर के मारे आज तक किसीको सुनाया भी नहीं।"

"तब तो ज़रूर सुनाइए।" मीर साहब ने उत्सुकतापूर्वक ज़ोर दिया।

"आप नहीं मानते तो सुनिए। किस्सा यूं हुआ कि एक बार हमें डिप्टी कमिश्नर साहब से मिलने जाना था। साहब ने सवेरे छः बजे का वक्त दिया था। हमने सोचा कि खरामे-खरामे चल निकलेंगे इसलिए कोचवान से सवेरे

तीन बजे उठकर फिटन जोड़ने को कह दिया।"

"सवेरे तीन बजे ? उस वक्त तो बहुत रात होती है।"

"रात तो होती है लेकिन तैयारी में भी वक्त लगता है कि नहीं।" आज अपनी हालत कुछ भी हो लेकिन घोड़ा तो आखिर नवाबों का ही था, कोई इक्के-तांगे का टट्टू तो था नहीं कि टटकारा और उठ लिए। घोड़ा भी आराम से उठता है—वह भी अगर मर्ज़ी हुई वरना बाज़ दफा तो उठने से भी इनकार है। फिर आप लाख सर पटकिए मज़ाल क्या जो एक रोयां भी हिल जाए। हमारा घोड़ा भी हमारी तरह मर्ज़ी का बादशाह है। जिस दिन मर्ज़ी आ जाए उस दिन ऐसे फर्राटे भरे कि आपके मोटर और रेल की तो बात ही क्या आपका वह उड़न खटोला...क्या नाम है उसका... भला-सा नाम है...अय हय ! पेट में से घुमड़-घुमड़कर उठ रहा है लेकिन कम्बख्त ज़ुबान तक आ-आकर रह जाता है...अजी वह गाड़ी है न जो हवा में भी उड़ जाती है।"

"हवाई जहाज़ ?" मीर साहब ने पूछा।

"अजी यह तो देसी नाम है। उसका एक भला-सा विलायती नाम है... कुछ हायरे-वायरे से ताल्लुक रखता है।"

"हायरे, वायरे ? एयरोप्लेन तो नहीं ?" मीर साहब ने पूछा।

"सुभान अल्ला मीर साहब कुर्बान जाऊं। खुदा आपको सलामत रखे। क्या याददाश्त पाई है अपने ! जी हां, तो वह एरोप्लेन भी पीछे छूट जाए। तो मैंने कोचवान को फिटन जल्दी तैयार करने के लिए कह दिया था, वहीं देर हो जाती तो फिर घंटों बैठे रहना पड़ता।"

"बैठे रहना पड़ता ? वह क्यों ?"

"अगर बाइज़्ज़त आदमियों को अपने दरवाज़े पर न बिठाएं तो उसकी हाकिमी कैसे चले। और तो उन बेचारों के लिए कुछ होता नहीं, इसीसे तसल्ली हासिल कर लेते हैं और मज़ा यह है कि इलज़ाम देते हैं गुस्लखाने को। हाकिमों का गुस्लखाना भी खुदा जाने बहिश्त है क्या, जब देखो उसीमें घुसे रहते हैं। चौबीस घंटों में किसी भी वक्त आप

तशरीफ ले जाइए, चपरासी हमेशा यही कहेगा कि साहब गुस्लखाने में हैं।

"तो साहब कोचवान फिटन ले आया। अभी चार भी नहीं बजे थे और रात अंधेरी घुप्प थी, लेकिन हमने सोचा कि तैयार तो हो ही गए हैं, यहीं बैठकर क्या करेंगे, अपने टहलते-टहलते निकल जाएंगे। चुनांचे फिटन में जाकर बैठ गए। कोचवान ने रास का हल्का-सा इशारा कर दिया। बस, मीर साहब, गज़ब हो गया। ऐसा मालूम हुआ गोया ज़लज़ला आ गया हो। फिटन एक बार ज़ोर से कांपी और फिर तो ऐसी चली कि हर कदम पर यह डर होता था कि ज़मीन छोड़कर अब उड़ी और अब उड़ी। अपनी तो साहब जान सूख गई। सोचा कैसी मनहूस घड़ी में घर से निकले थे। या खुदा ऐसा कौन-सा गुनाह किया था कि इतनी रात को पुकार हुई, सवेरा भी नहीं होने दिया।"

"वाकई घबराने की बात थी।" मीर साहब ने सहानुभूति प्रकट की।

"अय हज़ूर आप घबराने की बात कर रहे हैं। वह तो कहिए कि बड़ों का लिया-दिया आगे आया, वरना मरने में कसर ही क्या थी। इधर हम यह सब सोच ही रहे थे और उधर फिटन...यह समझिए कि...अब क्या बताएं, किससे तशबीह दें। एक दिन सुरैया बेटी अपनी साइन्स की किताब में पढ़ रही थी कि रोशनी एक घंटे में जाने कित्ते मील चलती है... अमां मीर साहब, आप भी तो उस वक्त यहीं तशरीफ रखते थे, रोशनी कित्ते मील चलती है एक घंटे में ?"

"घंटे में नहीं, एक सैकिंड में एक लाख छियासी हज़ार मील चलती है।" मीर साहब ने कहा।

"मरहबा ! मरहबा ! वल्लाह इसे कहते हैं याददाश्त। खुदा कसम मीर साहब एक बार फिर तो कहिए, एक सैकिंड में कित्ते मील ?"

"एक लाख छियासी हज़ार।"

"इस रफ्तार से एक घंटे में कित्ते मील चलेगी ? मीर साहब, यह सवाल हल कीजिए तो समझें। खुदा कसम इतना आप भी न पढ़े होंगे। तो

जनाब सुरैया बेटी ने जब हमें यह बताया तो हमें यकीन नहीं आया। हमने कहा कि साइंस की किताबों में तो खुदा जाने क्या खुराफात भरा रहता है, लेकिन उस रात अपनी फिटन की रफ्तार देखकर हमने सोचा कि जब हमारी फिटन इतनी तेज़ भाग सकती है तो रोशनी भी चल ही सकती होगी। रफ्तार की कैफियत यह समझिए कि इतने हम बाहर झांककर देखें कि किधर जा रहे हैं उतने में फिटन बाराबंगी छोड़ फैज़ाबाद जा पहुंची जहां कोठों पर भैरवी की तानें गूंज रही थीं। हम घबराकर चिल्लाने वाले थे कि अबे डोमनी के ! हमें तो डिप्टी कमिश्नर साहब के यहां जाना था, लेकिन मीर साहब, जुमला अभी हमारे दिमाग में वन भी न पाया था कि फिटन ने कबूतर की तरह हवा में कलाबाज़ी खाई और वापस लखनऊ।"

"हवा में कलाबाज़ी खाई? वल्लाह !" मीर साहब ने दाद दी।

"लेकिन कसम लीजिए मीर साहब जो मुझे ज़रा भी पता चला हो। मैं वैसा का वैसा टुइंयां-सा बैठा टुकुर-टुकुर इस करिश्मे को देखा किया। समझिए कि एक बिजली-सी कौंध गई। इस बीच डिप्टी कमिश्नर का बंगला वह छूटा और फिटन ने लखनऊ के चार चक्कर लगा दिए। मैंने कोचवान से पूछा कि अबे डोमनी के ! इस घोड़े को क्या खिला दिया था जो इसकी यह हालत हो गई ? वह बोला, हुज़ूर जो रातिब रोज़ दिया जाता था वही रात भी दिया था, लेकिन मोती का कुश्ता ज़्यादा पड़ गया हो तो कह नहीं सकता। जब तक हम उसे डांटे-फटकारें इतने में खुदा की कुदरत क्या हुई कि चार बजे की गजर बज गई। मीर साहब, यकीन मानिए, फिटन ऐसे जाम हो गई गोया किसीने जादू-मन्तर कर दिया हो, और जनाब बड़े जोर की आवाज़ आई। कुकड़ूं कूं !!"

"कुकड़ूं कूं ?" मीर साहब चौंककर बोले।

"जी हां, कुकड़ूं कूं। बस मीर साहब, मैं तो उछलकर फिटन में से कूदा और कोचवान को गर्दनिया देकर पूछा कि अबे कम्बख्त, फिटन में यह क्या जोत लाया। कोचवान के भी काटे तो लहू नहीं। मुर्ग को जोत से अलग करके पैरों में लेटकर बोला, हुज़ूर खता हुई, अंधेरे में पहचान नहीं पाया कि घोड़ा है

या मुर्ग। यह भी तो चुपचाप आकर जुत गया... ।"

"वल्लाह ! मुर्ग और घोड़े के बराबर ?"

"जी हां, उसकी टांगें देखकर कभी तो मुझे शक हो जाता था कि कहीं उसे फीलपर तो नहीं हो गया। मीर साहब, बड़ा प्यारा जानवर था।"

"लेकिन वह है कहां ? ज़रा हम भी तो... ।"

"बस कीजिए मीर साहब, यह कहकर अपने जिगर पर छुरी चला दी है।" नवाब साहब ने लम्बी सांस लेकर कहा।

"क्या खता हुई लल्लन भाई ?"

"अपने वह बात याद दिलाई है कि कलेजा मुंह को आ रहा है।"

"कुछ खुलासा कहिए मैं समझा नहीं।"

"मीर साहब, आप भी देख लीजिए, इस घर में एक दिन या तो कल्लू रहेगा या हम।"

"उससे क्या गुनाह हुआ ?"

आप इसे सिर्फ गुनाह कहते हैं मीर साहब ? वह कम्बख्त मेरे गले पर छुरी भी फेर देता तो मैं उफ न करता, लेकिन उसने एक दिन मेरे प्यारे मुर्ग को भून डाला... नवाब साहब रो पड़े। मीर साहब ने बहुत ढाढ़स बंधाया तब कहीं चुप हुए। उनका ध्यान बटोरने के लिए मीर साहव ने कहा, "नवाब साहब, यह खत तो सुनिए।"

"सुनाइए," नवाब साहब गला साफ करके बोले।

मीर साहब ने चश्मा निकालकर नाक की ठोमनी पर चढ़ाया और पढ़ने लगे, "लल्लन भाई, लिखा है कि डियर सर।"

"अमां मीर साहब ! यह डियर सर क्या बला है ?"

"इसके माने हैं प्यारे जनाब।"

"मीर साहब, टुकड़े कर दीजिए इस खत के। जला दीजिए इसे।" नवाब साहब चिल्लाकर बोले।

"क्या हुआ ? खैरियत तो है लल्लन भाई ?" मीर साहब ने घबराकर पूछा।

"इस खत को मेरी आंखों के सामने से दूर कर दीजिए। डोमनी वाले चले हैं खत लिखने। कभी नवाबों से वास्ता पड़ा होता तो जानते कि खत कैसे

लिखा जाता है। न अलकाब न आदाब, लिखते हैं प्यारे जनाब, जैसे ये हमारे लंगोटिये हों। यानी के डेढ़ कौड़ी के दूकानदार लखनऊ के लल्लन नवाब को लिखते हैं—प्यारे जनाब।"

"लेकिन लल्लन भाई, यह तो अपने-अपने यहां के कायदे की बात है। उनके वहां ऐसे ही लिखा जाता है।"

"अजी लानत है ऐसे लिखने पर। वापस कर दीजिए खत।"

"सुनिए तो सही, नवाब साहब आप ही सोचिए कि लखनऊ की यह तहज़ीब विलायत वाले क्या जानें !" मीर साहब ने समझाया।

"यह बात आपने पते की कही। उन लोगों को तहज़ीब से क्या मतलब। जाइए उन्हें मुआफ किया, लेकिन यह खत हम नहीं सुनेंगे। ऐसा कीजिए मीर साहब कि आप इस खत को पढ़कर समझ लीजिए, फिर अपनी ज़ुबानी हमें सुनाइए।"

"ऐसा ही सही।" मीर साहब ने कहा और पत्र पढ़कर बोले, "इसमें लिखा है कि आपका खत उन्हें मिला जिसके लिए वे आपके मशकूर हैं।"

"अजी खाक मशकूर हैं। न दुआ न सलाम, न कुछ अपनी कही न हमारी सुनी, लिखते हैं—प्यारे जनाब। हुंह !"

"अब गुस्से को थूकिए लल्लन भाई। आगे फर्माते हैं कि आपने जो गाड़ी के बारे में शिकायत लिखी है वह दरअसल शिकायत नहीं हैं..."

"तो गोया हम झूठे हैं ? बस कीजिए मीर साहब, खुदा कसम हम बहुत बेआबरू हुए। न हुआ पुराना ज़माना वरना करौली भोंक देता मूंजियों के। यानी कि हम लखनऊ के नवाब लल्लन बारह हज़ार रुपल्ली की मोटर के पीछे झूठ बोलेंगे और ये डोमनी के दूकानदार सच कहते हैं !" नवाब साहब बिगड़ते रहे।

"पूरी बात तो सुनिए," मीर साहब ने कहा।

"सुनें क्या खाक ? जब इज़्ज़त ही लुट गई तो सुनने को क्या बचा ?"

"उनका मंशा आपको बेइज़्ज़त करने का बिलकुल नहीं था। उन्होंने लिखा है कि आपकी शिकायत इसलिए शिकायत नहीं मानी जाती

क्योंकि वह शिकायत ही नहीं है...ज़रा रुकिए नवाब साहब...कहते हैं कि हमने लिखा था कि मोटर एक गैलन पेट्रोल में अठारह मील चलेगी, लेकिन उसमें कुछ शर्तें हैं। मसलन यह कि पेट्रोल कैसा है, फिर सड़कें कैसी हैं, फिर कौन-से गियर में मोटर ज़्यादा चलाई जाती है। सर्विसिंग यानी सफाई वगैरह कब होती है...लेकिन नवाब भाई यह सब झगड़ा आखिर है क्या ?"

"मीर साहब, झगड़ा यह है कि जब हमने नकद चेहरेशाही गिनकर मोटर खरीदी थी तब हमें इत्मीनान दिलाया गया था कि इत्तिला मिलते ही शिकायत दूर की जाएगी। हमने एक खास होशियार आदमी को डरेवर रक्खा। पहले वह डिप्टी कमिश्नर की मोटर साफ किया करता था और भी बड़ी-बड़ी जगह मोटरें साफ की हैं। उस मोटर के साथ जो किताब आई थी उसे हमने पढ़वाया। लिखा था कि यह एक गैलन पिटरौल में अठारह मील चलेगी। जब चलाकर देखी तो जनाब कुल सत्रह मील चली। आप ही फर्माइए शिकायत वाली बात है कि नहीं।"

"बात तो शिकायत की ज़रूर है। आपने ड्राइवर से वजह नहीं पूछी ?"

"पूछी क्यों नहीं। सबसे पहले तो उसीसे जवाब तलब किया। हमने कहा कि अबे डोमनी के, यह मोटर एक मील में सतरह ही गैलन...मेरा मतलब है सतरह गैलन में एक ही मील...तोबा। लो अब आप ही कह दीजिए मीर साहब।"

"एक गैलन में सतरह ही मील क्यों चलती है ?"

"अय हय ! कुर्बान जाऊं मीर साहब। खुदा कसम ज़ुबान की सफाई तो कोई आपसे सीखे। तो जनाब डलेवर अजब ऊल-जलूल बातें करने लगे।"

"क्या कहने लगा ?"

"तब आप ही पूछ लीजिए, मैं उसे बुलवाए देता हूं।" नवाब साहब ने कहा। चुनांचे ड्राइवर साहब बुलवाए गए। मीर साहब ने पूछा, "क्यों म्यां ड्राइवर साहब, जब किताब में लिखा है कि मोटर एक गैलन में अठारह मील

चलेगी तो फिर यह सतरह ही मील क्यों चलती है ?"

"हुज़ूर क्या अर्ज़ करूं।" ड्राइवर ने कहा, "मेरी तो अर्ज़ यह है कि मुझे अब छुट्टी दी जाए।"

"घास खा गए हैं आप !" नवाब साहब बिगड़कर बोले, "इसे भी कोई सरकारी दफ्तर समझ लिया है कि काम के लिए कहो तो छुट्टी ले ली। हम आपसे एक सवाल का जवाब पूछ रहे हैं और आप छुट्टी चाहते हैं। आप जवाब क्यों नहीं देते कि मोटर एक मील में सतरह गैलन...मेरा मतलब है सतरह गैलन में एक मील—तोबा आप ही पूछिए मीर साहब।"

"हुज़ूर!" ड्राइवर बोला, "महीने में कुल पचास मील तो गाड़ी चलती है।"

"इससे आपको क्या मतलब ? गाड़ी हमारी है। हम चाहें तो महीने में एक ही मील चलाएं या न भी चलाएं, आप सवाल का जवाब दीजिए।"

"वही तो कह रहा हूं। चूंकि गाड़ी कम चलती है इसलिए बैटरी डाउन होने का खतरा रहता है। मैं इंजिन को रोज़ थोड़ी देर चला देता हूं ताकि बैटरी ठीक रहे। उसमें भी तो कुछ पेट्रोल लगता है।"

"खड़े-खड़े आप कुछ भी कीजिए," नवाब साहब बोले, "लेकिन जब गाड़ी चले तो एक मील में...मतलब यह कि उतनी चले जितनी किताब में है।"

"लेकिन हुज़ूर, पेट्रोल तो उसी टंकी में से जाएगा। इसके अलावा पेट्रोल उड़ भी तो जाता है।"

"गोया पेट्रोल तीतर-बटेर हुआ जो उड़ जाएगा !"

"इसके अलावा गैरेज से बाहर निकालते वक्त गाड़ी बैक करनी पड़ती है। हर रोज़ बैक करते-करते महीने में दो-चार मील तो हो ही जाता होगा उसमें भी तो पेट्रोल लगता है, लेकिन उसका कहीं हिसाब नहीं होता।" ड्राइवर ने कहा।

अब नवाब साहब अपने आपको न रोक सके। चिल्लाकर बोले, "अबे डोमनी के ! हमने मोटर आगे चलने के लिए खरीदी थी या पीछे ? पीछे चलने

में पेट्रोल खर्च होता है तो पीछे चलाता ही क्यों है ? अजब डोमनी वालों से पाला पड़ा है। इनके किए कुछ नहीं होगा। मीर साहब, आप कम्पनी वालों को लिख दीजिए या तो वे आकर अपना वायदा पूरा करें वरना हम मोटर में आग लगा देंगे।"

"लेकिन लल्लन भाई, मोटर में आग लगाने से कम्पनी का क्या बिगड़ेगा ? वे तो नकद दाम ले चुके हैं। नुकसान तो अपना ही होगा।"

"मुआफ कीजिए मीर साहब। यह आपने नवाबों वाली बात नहीं कही। अजी पैसा तो हाथ का मैल है। आज है कल नहीं। जब अपनी रियासत ही नहीं रही तो पैसे का क्या ऐतबार। लेकिन अभी इज़्ज़त तो है। ज़रा सोचिए कि कम्पनी की मोटर में हम आग लगा देंगे तो कम्पनी की बेइज़्ज़ती नहीं होगी ! खैर, फिलहाल उन्हें उनके वायदे की याद दिलाइए, मोटर जलाने की बात न लिखिए। हां तो शुरू कीजिए...।"

नवाब साहब ने पत्र लिखवाना आरम्भ किया। वह दिन तो उसी सोच-विचार में निकल गया कि पत्र आरम्भ कैसे किया जाए। कभी सोचते कि जैसे के साथ तैसा बर्ताव किया जाए, सिर्फ 'प्यारे जनाब' लिखकर अपनी बात कह दी जाए। फिर सोचा कि यह लखनऊ की संस्कृति नहीं। कई ड्राफ्ट बने, दस्ते के दस्ते कागज़ खराब हुए तब कहीं एक पत्र लिखा गया। लिखा था:

"मुश्फिक दिलनवाज़ व मुहिब्बेमन जाद लुत्फ़हू !

बाद इश्तियाक़ मुलाकात के वाजे हो कि मैं आपके नवाज़िश-नामे के वास्ते आपका बेहद ममनून व मशकूर हूं। गुज़ारिश है कि मैंने आपके मुकामी एजेंट से एक अदद मोटर खरीदी थी जोइस वक्त मेरे पास है। आपको तकलीफ हुई होगी। अपनी चीज़ से बिछुड़ते हुए सभीको तकलीफ होती है। इसके लिए मैं आपसे मुआफी चाहता हूं; लेकिन खुदा जानता है, मैं आपकी मोटर को जान से बढ़कर रखता हूं। जान रहते मैं उसे तकलीफ नहीं होने दूंगा।

अर्ज़ यह है कि बवक्त खरीददारी मुझको इस बात का यकीन दिलाया

गया था कि मोटर की बाबत हर किस्म की शिकायत पर गौर किया जाएगा, वह हत्तुलइमकान दूर की जाएगी, लेकिन अजीब मजहके की बात है कि आपका एजेंट एक बहुत मामूली नुक्स भी रफा करने के काबिल नहीं हुआ है और बिल आखिर मुझसे ही दरखास्त की है कि मैं बराहेरास्त आपको तहरीर करूं। मैं आपके मुतजक्करे बाला खत से भी कतन मुतमईन नहीं हूं। आपने तो गोया ढेला मार दिया है। अय हुज़ूर कुछ अपनी कहते, कुछ हमारी पूछते, कुछ टूटे दिल को तस्कीन देते, लेकिन आपने तो यह कहकर कि हमारी शिकायत शिकायत ही नहीं है, जले पर नमक छिड़का है। आप मुझको तहरीर फर्माते हैं कि मैं आपके एजेंट की तवज्जह दोबारा अपनी जानिब मबजूल कराऊं। बराहे करम फर्माइए कि यह मुआमिला इस तरह कब तक चला करेगा। अब्द तक ?

आपके जल्द जवाब का मुन्तज़िर हूं।

आपका तालिबे दीदार
नवाब लल्लन
चौक, लखनऊ वाले।"

प्रतीत होता है कि नवाब साहब की अब्द (अनन्त) तक मामले को चलाने की आशंका सच हो के रहेगी, क्योंकि उपर्युक्त पत्र लिखे जाने के पश्चात् आज ढाई वर्ष होने को आए परन्तु अभी तक पत्र-व्यवहार चल ही रहा है। अभी वह गैलन में सतरह-अठारह मील का झगड़ा नहीं निबटा था कि पूरी मोटर के विभिन्न भागों से साज़ संगीत सुनाई पड़ने लगा है और नवाब साहब के पत्रों में शिकायत और कड़ुवी होने लगी है। सुना है, वे मोटर में आग लगाने की तैयारी कर रहे हैं और उधर के विश्वस्त सूत्रों से ज्ञात हुआ कि कम्पनी अपने स्थानीय एजेंट को यह आदेश देने की बात सोच रही है कि नवाब साहब के पैसे लौटाकर मोटर ले ली जाए क्योंकि इस पत्र-व्यवहार में कम्पनी का लाभ तो डाक-विभाग में चला गया, और लगभग तीन सप्ताह का कुल समय लगा है। पता नहीं फैसला कब होगा !

सर्कस

"चच्चा, तुम्हारा सहर में सर्कस आ रिया है, देखोगे नई ?"

"अरे, यहां तो रोज ही कुछ न कुछ आता रहता है, कहां तक देखें। क्यों तुझे शौक है क्या ?"

"अरे चच्चा, अपना पतनपुर तो छोटा-सा सहर है। बड़ी-बड़ी चीजें कभी-कभी पहुंचे हैं। गए साल अपने वहां सर्कस आया था।"

"अच्छा ! कैसा था ?"

"अरे चच्चा, अब क्या सुनाएं तुम्हें। अपने वहां तो एक सर्कस के साथ पचास सर्कस होवें हैं।"

"क्या मतलब ?"

"अब देखो कि सर्कस शुरू होने से पैहलेई तो उस जगा मेला शुरू हो गया। अपने सहर में तो लौंडियां ढकी-मुंदी बाहर निकलें हैं। अव्वल तो बाहर ही न निकले हैं। सर्कस की लौंडियां छोटे कपड़े पहने हैं। बस इस्कूल, कॉलिज के लौंडों की भीड़ लग जा है। इनसे पूछो कि अबे मुर्गीवालो, तुम यहां क्या करने आते हो। तुम्हें अपनी पढ़ाई से काम होना चाहिए। लेकिन कहने वाला बुरा। अजी, वहां के लौंडों ने तो बड़ी गड़बड़ कर दी थी।"

"क्या हुआ ?"

"बड़ा लम्बा किस्सा है, चच्चा।"

"अरे, तो तुझे कौन-सा लाम पर जाना है, सुनाता क्यों नहीं ?"

"जिस दिन से सहर में ये खबर उड़ी ना कि सर्कस आ रिया हैं, उसी दिन

से अपने वहां के सब घरों में खलबली मच गई।"

"अबे, तो इसमें खलबली मचने की क्या बात है ?"

"बात ये है चच्चा कि तुम्हें अपना सहर छोड़े भौत दिन हो गए हैं। इसलिए तुम्हें याद नहीं रहा कि छोटे सहरों में छोटी-छोटी बातों में इज्जत का सवाल बन जा है।"

"अबे, वकील की माफिक बोल रिया है। साली कोई बात समझ में ही ना आवे है।"

"हां, अब कई तुमने अपने सहरवाली बात। तो सुनो। इधर सर्कस की खबर उड़ी और उधर कलट्टर साहब बहादुर के घर सहर के दूसरे अफसरों की बीवियों की मीटिंग हुई।"

"तुझे कैसे मालूम ?"

"तुम भी चच्चा, बड़े सहर में आके सब कुछ भूल गए। अमां साहब लोगों के घर का राज पता चले है चपरासियों से। सहर में जितने साहब लोग हैं, सबके चपरासियों से अपनी जान-पहचान है। हम अपने साहब के घर की बातें बताएं हैं, वो अपनों की। हां तो, कलट्टर साहब बहादुर सर्मा साहब के वहां पुलिस कप्तान की बीवी मिसिज सिंह, सिविल सार्जण्ट की बीवी मिसिज बरमा, इन्कम टैक्स के बड़े साहब की बीवी मिसिज गुप्ता वगैरा की बैठक हुई।...हां, एक बात बताऊं चच्चा। जादेतर बड़े साहबों की बीवियां तुम्हाए सहर में नई आना चाहें हैं। बात ये है कि वहां तो बड़ा बंगला है, बड़े ठाठ हैं, जिसे चाहो कसवा दो। अपने वहां के पुलिस कप्तान की बीवी तो सब दूकानदारों को ये धमकी देवे है कि जिसे चाहेगी, उसे बन्द करा देगी या उसका घर जलवा देगी। हम तो डर के मारे बोले नहीं चच्चा, नहीं तो पूछते कि पुलिस लोगों को नुकसान से बचाने के लिए हो है कि उजाड़ने के लिए।

"हां तो, सर्मा साहब की बीवी ने कहा कि उन्हें तो पहले ही दिन सर्कस देखना पड़ेगा, क्योंकि कोई मुनिश्टर साहब अपने बीवी-बच्चों समेत सर्कस उधेड़न करने आ रहे थे।"

"क्या कह रिया है बे ? सर्कस उधेड़न क्या है ?"

"चच्चा, हम इत्ते पढ़े-लिखे तो हैं ना। हर काम सुरू होने से पहले कोई मुनिश्टर या बड़ा अफसर कैहवे है ना कि मैं अब यह काम उधेड़ता हूं या खोलता हूं। चाहे कोई होटल खुले या अस्पताल, इस्कूल-कॉलेज खुले या बूचड़ की दूकान, जादातर मुनिश्टर ही आ के खोले हैं।"

"अच्छा, अच्छा, फिर क्या हुआ ?"

"होना क्या था, जब कलट्टर की बीवी पहले दिन सर्कस देखने जाने वाली थी, तो दूसरे अफसरों की बीवियों ने भी अपने मियाओं की दुम ऐंठनी शुरू की। मैंने कहा न कि सबके चपरासी अपने यार हैं। कलट्टर और पुलिस कप्तान की बीवियों का तो कहना ही क्या। उनके साथ तो पुलिस का सिपाही चले है। जित्ते चाहो उत्ते आदमी संग घुस जां हैं। अपने कलट्टर साहब की बीवी तो पांच-छ: मर्द-औरत साथ लिए बिना कहीं ना जावे हैं। अब जनाब कई अफसरों के घरों में तो झगड़ा हो गया। अपने वहां सेल्स टैक्स अफसर हैं कुरैशी साहब। उनके वहां दो पास आए थे। उनके बच्चे भी जिद करने लगे, तो साहब ने कहा कि भई इतने लोगों का इन्तजाम कैसे हो सकता है, तो उनकी बीवी बिगड़कर बोलीं कि हां, जब आदमी अपने-आप बोदा हो, तो इन्तजाम कैसे होगा। आप कौन-सा छोटा काम करते हैं! जिसपर चाहें, ऐसा सेल्स टैक्स ठोक दें कि फिर पानी भी न मांगे। साहब ने फिर कहा कि भई, इत्ते लोगों का इन्तजाम कैसे हो सकता है, तो मेम साहब चमककर बोलीं कि तुम्हारे मुए डिपाटमिण्ट के किए कुछ ना होने का। कलट्टर और कप्तान की बीवियां तो अपने पड़ोसियों के बच्चों को सनीमा, ठेटर और खेल-तमाशे दिखा देवें हैं और तुम अपने ही बच्चों को ना दिखा सको हो।

"उधर इन्कम टैक्स अफसरों के घरों में भी ये झगड़े हो रिये थे। बड़े अफसर को तो पास मिल गए थे। छोटे अफसरों को सर्कस-वालों ने घास भी ना डाली थी। उनके बीवी-बच्चे भी सिर हुए। कुछ ने कहा कि भई सर्कस देखना है, तो टिकट मंगा देते हैं, चले जाना। कुछ तो मान गए, लेकिन कुछ की बीवियों ने कहा कि यह तो इज्जत का सवाल है। टिकट

लेने पड़े, तो बड़ी बेइज्जती होगी। सब बड़े अफसरों को पास मिले हैं। नतीजा यह हुआ कि सात इन्कम टैक्स अफसरों ने सर्कस के मनीजर के नाम दफा एक सौ उन्तालीस के नोटिस जारी कर दिए।"

"अबे, यह कौन-सी दफा होवे है ? हम तो बस दफा 420 समझे हैं।"

"अरे, चच्चा, बड़ी मारू दफा है 139, नोटिस देखते ही जान निकले है। फिर तो अफसर क्या इन्स्पैक्टरों, किलरकों और चपरासियों तक को पास मिल गए। एक अफसर ने नोटिस जारी नहीं किया, तो उसके बाबू बोले कि यार अपने साहब को पता नहीं किस गधे ने अफसर बना दिया। बिलकुल बेदम है। इसके किए कुछ ना होने का। इससे पहला साहब था। उसका रौब ऐसा था कि दूसरे शहर के सनीमावाले उसे पास देने आवें थे। इसके साथ तो अपनी भी मिट्टी खराब हो रही है।

"अण्टी टेण्टमिण्ट दफ्तरवालों, रेलवेवालों, बिजली-टेलीफूनवालों, तन्दरुस्ती महकमेवालों को तो पास मिले ही, बेरहमीवालों को भी मिल गए।"

"बेरहमीवाले कौन हैं?"

"अरे चच्चा वो हैं ना, जो ये देखें है कि जानवरों के ऊपर बोझ तो जादे ना है। सर्कस में तो जानवर ही जानवर जादे होवे हैं। वैसे उन बेचारों को कोई ना पूछे है। इसके अलावा अपने यहां के ठेकेदार लोग हैं ना वो लाला हरीचन्द, भारतमाता लाल, गुरसौगन्द सिंह, उन्होंने टिकटों की कापियां की कापियां खरीदकर अपने-अपने डिपाटमिण्ट के अफसरों में बंटवा दीं।

"उधर सर्कस के पहले शो का दिन आ गया। बड़ा डम्पलाट तम्बू ताना गया। भीड़ की कुछ मत पूछो, लेकिन जादातर इस्कूल-कॉलिज के लौंडे थे। पुलिस के काबू में भी भीड़ ना आ रही थी। पुलिसवालों को तो पासवालों से ही फुर्सत ना थी। पासवालों की गाड़ियां तम्बू के दर्वाजे के सामने रुकें थीं और पास ही खड़ी हो जा थीं। जिन्होंने टिकट लिए थे, उन्होंको तो एक फल्लांग दूर खड़ी करनी पड़े थी और बेचारे सड़क पे ना चल सकें थे, क्योंकि पासवालों

की गाड़ियां तम्बू के दर्वाजे तक कैसे जातीं। चच्चा, सच्ची बताएं, हम तो पास से गए थे—अपने साहब के साथ।"

"अबे, तो फिर क्या हुआ ?"

"अरे चच्चा, असली किस्सा तो अब है। बात यह हुई कि जब मुनिश्टर साहब आए, तो उनके पीछे-पीछे बीस आदमी यह कहकर घुस लिए कि उनके साथ हैं। सर्कसवालों ने इतने लोगों के लिए सोफे थोड़े ही रक्खे थे। बाहर से कुर्सियां मंगानी पड़ीं। इस बीच बाहर भीड़ और शोर बढ़ रहा था। साला बैण्ड भी झक मारके रह गया, लेकिन सुनाई नहीं पड़ा। मनीजर कभी बाहर, कभी अन्दर, पुलिसवाले भी भाग-दौड़ कर रहे थे। खैर, किसी तरह आगे के सब लोग बैठे और मुनिश्टर साहब मनीजर के साथ लाटफरेम (प्लेटफार्म) पर चढ़े। उन्होंने बड़ा अच्छा लिक्चर दिया।"

"क्या कहा ?"

"अब ठीक-ठीक तो याद नहीं, पर जितना याद है, उतना सुना देता हूं, उन्होंने कहा—भाइयो और बहनो ! यह भौत खुसी का बिसय है कि हमारे नगर में सर्कस आया है। इससे नगरबासियों का मन में रंज तो होगा ही..."

"सर्कस देखकर मन में रंज क्यों होगा बे ? और रंज होता है, तो देखने क्यों जां हैं ?"

"अब चच्चा, हमें ये सब क्या मालूम। बड़े आदमियों की बातें वोई जानें। अपनी मेम साहब तो किताब पढ़ती जां हैं और रोती जां हैं, फिर भी ना छोड़े हैं। एक खतम हो जा है, तो दूसरी शुरू कर दें हैं। हां तो, मुनिश्टर साहब ने कहा कि सर्कस से शहरवालों का मन में रंज तो होगा ही, इसके साथ हमें इस बात की आसा हैं कि इससे हमारे देस के नौजवानों को परेरना भी मिलेगा..."

"वो क्या है ?"

"ये हमें नईं पता। जो हमने सुना, वोई बता दिए हैं। उन्होंने कहा कि सर्कस करने से सरीर मजबूत होता है। अगर हमें अपने देस का रिक्शा करना है, तो सरीर मजबूत बनाना होगा। वह तभी होगा, जब हम लोग सर्कस देखें।

बस, उनका इतना कहना था कि तालियों के दौंगड़े बरस पड़े। मुनिश्टर साहब तालियां रुकने का इन्तजार करने लगे, जिससे आगे बोल सकें, लेकिन बेचारे फिर नहीं बोल सके।"

"आंय ! क्या हुआ, किसी शेर ने दबोच लिया क्या ?"

"अरे नहीं चच्चा ! बात ये हुई कि कई दिन से स्कूलों के लौंडों और सर्कसवालों में झगड़ा चल रहा था। लौंडे कहते थे कि उन्हें कसेन्सन मिलना चाहिए।"

"साला अंग्रेजी झाड़ रिया है। अबे मुझे अंग्रेजी आवे है क्या ?"

"अरे चच्चा, कसेन्सन के माने हो हैं कि आधा टिकट लगे है। लौंडे कहें थे कि उनसे आधा टिकट लेना चाहिए और सर्कसवाले कहें थे कि पूरा इस्कूल आवे, तो वे इस्पेसल सो कर देंगे, आधे टिकट पर। लौडे ये बात ना मानें थे। बात-बात में झगड़ा बढ़ गया। एक लौंडा दो साइकिलें जोड़कर उनपर चढ़ गया और लिक्चर देने लगा।"

"अच्छा, लौंडा भी लिक्चर देने लगा !"

"अरे चच्चा, आजकल के लौंडे बड़े जहरी होवे हैं। हम तो बूढ़े हो चले, लेकिन हमसे कोई बोलने को कहे, तो हलक सूख जा है और घिग्गी बंध जा है, लेकिन वो तो ऐसे बोल रिया था, जैसे साले के पेट में मशीन लगी हो।"

"क्या कहा उसने ?"

"उसने कहा कि भाइयो ! यह सिर्फ हमारी ही नहीं, मुल्क के सारे लौंडों की इज्जत का सवाल है, बल्कि मैं तो यहां तक कहूंगा कि दुनिया के लौंडों की इज्जत का सवाल है। इसपर तालियां पड़ीं। उसने फिर कहा कि हमने दिल्ली, कलकत्ता और बम्बई तार भेज दिए हैं और वहां से मदद आती ही होगी। लेकिन हम लोगों को अपने पैरों पर खड़ा होना चाहिए। हमें अपनी ताकत को पहचानना चाहिए। हिम्मते मर्दां मददे खुदा। इसपर फिर तालियां पड़ीं और फिर नारे लगने लगे :

हीन...कि...ला...ब !

जिन्दा...बाद !

हीन...कि...ला...ब !

जिन्दा...बाद !

"हम लोग इस्कूल बन्द करा सकते हैं, बाजार बन्द करा सकते हैं, यहां तक कि सरकार बन्द करा सकते हैं, तो क्या एक सर्कस नहीं बन्द करा सकते ? इसका जवाब सबने एक साथ दिया : 'जरूर करा सकते हैं।

"बस चच्चा, इसके बाद क्या हुआ यह ठीक-ठीक बताना बहुत मुश्किल है। किसीको कुछ होश ही नहीं रहा।"

"अबे, कुछ तो बता।"

"लौंडे नारे लगाते हुए सर्कस के तम्बू की तरफ बढ़े। पुलिस ने उन्हें रोकना चाहा। पहले तो तू-तू, मैं-मैं होती रही, फिर हाथापाई की नौबत आई। इसके बाद लौंडों ने पत्थर बरसाने शुरू किए और पुलिस ने लाठियां। एकाएक तम्बू के एक कोने से धुआं और आग की लपटें उठने लगीं। शेरों ने दहाड़ना शुरू कर दिया। भगदड़ मच गई और मार-पीट ने ज़ोर पकड़ लिया। पुलिस को गोली चलानी पड़ी। जब तक भीड़ तितर-बितर हुई, तब तक सर्कस का तम्बू जलकर राख हो गया, कई जानवर जलकर मर गए, कुछ भाग गए, कई सर्कसवाले ज़ख्मी हुए, पांच आदमी गोलियों से मारे गए, पुलिस के पच्चीस अफसर और सिपाही अश्टीचर पर डालकर अस्पताल ले जाए गए, खोंचे और दूकानदार पूरी तरह लुट गए, कई मोटरें और इस्कूटर जला दिए गए। भीड़ में दबकर चार बच्चे मरे और दस औरतें जख्मी हुईं। कुछ औरतें तो गायब ही हो गईं।"

"अबे, बस कर, यह सर्कस की बात कर रिया है कि जंग की ?"

"अरे चच्चा, इसके बाद क्या हुआ, वह तो सुनो।"

"फिर क्या हुआ ?"

"फिर अखबार वाले आए। उन्होंने मुनिश्टर, कलट्टर, पुलिस कप्तान, नेताओं और कॉलिज के लौंडों के बयान छापे। मुनिश्टर साहब और अफसरों ने लौंडों का कसूर बताया, लौंडों ने सर्कसवालों का और सर्कसवालों ने अपने मुकद्दर का। शहर में दफा 144 लग गई। फिर भी लौंडों की मीटिंगें हुईं।

उन्होंने कहा कि जब तक पुलिस को सजा नहीं मिलेगी और कानून नहीं बन जाएगा कि इस्कूल-कालिज के लौंडों को सिनेमा, ठेटर, सर्कस वगैरह आधे दाम पर दिखाया जाए, तब तक हड़ताल चलेगी। एक लौंडे ने तो यह तक कहा कि वह भूख हड़ताल करेगा और जरूरत पड़ी, तो अपने ऊपर पेट्रोल छिड़ककर आग लगा लेगा। कुछ दिन तो बाजार बन्द रहे, लेकिन इस्कूल-कालिज तो महीनों बन्द रहे।"

"पब्लिक ने कुछ नहीं कहा ?"

"सहर के लोगों ने सरकार के पास खत भेजा कि गौरमिण्ट की कमजोरी की वजह से उनकी जान-माल खतरे में है और वो लोग ईमानदारी से अपना कारोबार नहीं कर सकते, इसलिए कोई ठीक इन्तजाम किया जाए।"

"फिर क्या हुआ ?"

"फिर सरकार ने एक कमैटी बनाई, जिसके मिम्बर थे एक अम्पी (एम० पी०), कलट्टर साहब, पुलिस कप्तान के भी बड़े साहब, कप्तान साहब, जज साहब, कालिज के प्रिन्सीपल, लाला हरीचन्द, सरदार गुरसौगन्द सिंह और खान साहब हिमायत अली।"

"कमैटी ने क्या किया ?"

"अरे चच्चा, किया क्या, अभी तो कमेटी सोच ही रही थी कि क्या करे, तभी शहर में एक ठेटर कम्पनी आ गई।"

"अबे बस कर। तू तो मुझे किसी शेखचिल्ली की औलाद मालूम पड़े है। तेरी बात सुनने लगूं, तो शाम को पेट पर पट्टी बांधनी पड़ेगी... ।"

ए दिल्ली हाय !

श्रिमान शोम्पादक जी !

हाम आगाड़ी भी आप का एक ठो चिठी लिखा था और आप दोया करके उसका छापाया (4 जुलाई, 65) भी थी। उसको वास्ता आपका बोहूत धोन्नोवाद। आपको जानकर खुशी होंगे जे हाम आबार माने फिर दिल्ली गिया था। ए बार दिल्ली में जो देखा हूं ओही आपका लिखते हूं।

शोम्पादक जी, आप तो जानता ही हाय जे पोयला सेप्टेम्बार थेके पाकिस्तान हमारा देश का उपोर खुला आक्रोमोण किया हाय आर हमारा जुवान आर 'एयार फोर्स' किस माफिक बाहादुरी से उनको दांत तोड़ा हाय। शुनने से प्रोत्तेक (प्रत्येक) भारोतीय का माथा ऊंचो हो जाता हाय। पोयला सेप्टेम्बार का बाद हाम दिल्ली गए थे। ओही होटेल में उठा थे जहां में गाड़ी उठे थे। ओ तो उठने ही पड़ेगा—छोटा होटेल में उठने से कोम्पानी को ओपोमान का बात हाय—किन्तु आपका एक बात आगे ही बोल देगा कि इस बार ओ शब नहीं किया हाय जे आगाड़ी किया था। शुन्दरी को खोज भी नहीं किया। शोति (सत्य) बोलेगा शोम्पादक जी। ए बार तो कोम्पानी का काज का वास्ता शुन्दरी का शहाज्जो (सहायता) का दरकार नहीं हुआ। जो काज होने सकता था निजे माने अपना से हो गिया। नहीं होते थे तो भी ओम हा शुन्दरी अथबा अन्नो (अन्य) शुन्दरी का शाहाज्जो नहीं लेते थे—ए हाम ठीक करके राखा था। देश को ऊपोर भारी मुश्किल गिरा हाय ए ही वास्ता कोई गोलमाल नहीं करूंगा। एही

हाम शोचे थे। दरकार भी नहीं हुआ ए तो हाम आगाड़ी लिखा हाय। दिल्ली कितना बोदलाया हाय ए आपका बोलने नई सकेगा।

आगाड़ी बोलेगा जे लोकों में कितना उत्शाहो हाय। उत्शाहो हमारा कोलकाता में भी हाय। एई तो किछू दिन आगाड़ी अनेक छात्र-छात्री इंगरेजी में प्लेज किया हाय जे हमारा मातृभूमि का रक्खा (रक्षा) करने का वास्ता प्राण तैग (त्याग) कर दूंगा। कारीगर लोग बोला हाय जे हड़ताल नेईं करेगा। प्रोडक्शान बेशी करेगा आर बिजनैसमैन भी जुवान का वास्ता फंड में चांदा (चन्दा) दिया हाय। आर भी बोहुत आच्छा-आच्छा काज किया हाय। किन्तु दिल्ली का तो बात ही आलादा (अलहदा) हाय। जिस आफिसर का पास हमारा काज था ओ हाम को बोला जे ओअभी बोहुत बैस्तो (व्यस्त) हाय, दो-तीन दिन ओपेक्खा (प्रतीक्षा) कोरने होगा। उशको तो बोहुत काज हाय ना-शारा दीन खाली मीटिंग कोरने होता हाय। हम बोला जे ए बार दिल्ली देखेगा।

अरे किया बोलेगा शोम्पादक जी, जिधर में देखेगा उधर में लोक जुवान (जवान) को शेबा (सेवा) करने मांगता। कानाट प्लेस में हाम शू शाइन (बूट पालिश) कोराता थे। तभी एक ठो जुबान उहां आए। ओ बूट पालिश लेरका (लड़का) हम को बोले जे शाहेब आपको पीछाड़ी पालिश कोरेगा आगाड़ी जुवान को पालिश कोरेगा। तो छाड़ा माने इसका अलावा ओ लेरका जुवान शे पोयशा (पैसा) भी नेईं लिया। जुवान बोहुत देना मांगता था, किन्तु लेरका कुछ शे भी नहीं लिया। बोला जे तुम हमारा देश को रक्खा के लिए अपना प्राण देने मांगता हाय। तुम्हारा शेबा करना पुन्नो (पुण्य) हाय। शोम्पादक जी, हम देखा जे जुवान का चोख में ओश्रु (आंख में आंसू) थे। हाम देखा जे ओ बोलने मांगते थे। किन्तु नेईं शका। शोम्पादक जी, हम तो हाई हेडेड बिजनेसमैन हाय, किन्तु ए देखकर हमारा कण्ठ में भी गोला उठते थे। हाम पालिश उवाला छोकरा को खूब बेसी टिप किया।

आर भी हाम देखा जे बोहुत शा स्कूट-रिक्शा-उवाला (वाला) उसको

रिक्शा में लिखा हाय "जुवान को शेबा के लिए" माने ओ लोग जुवान से भाड़ा नहीं लेगा। हाम एक ठो ड्राइभार से जिग्गेश किया (पूछा) जे पोयशा काहे लेता नेईं। ओ भी बोला ओही बात जो शु-शाइन लेरका बोले थे। जुवान देश का वास्ता लोराई कोरता हाय हाय उशको शेबा कोरता हाय।

रलउये (रेलवे) स्टेशन में भी देखा जुवान के लिए फ्री कैन्टीन खोला हाय। कोई-कोई जायगा (जगह) में लेडीज सर्विस कोरता हाय। आर एक बात देखा जिससे हम बेसी खुशी हुआ। देश-रक्खाआर जुवान का शेबा करने में कोई काम्युनिटी (जाति) दूसरा शे पीछू नेईं रहने मांगता। हिन्दू बोलता ओ बेसी कोरेगा, मुस्लिम बोलता ओ बेसी कोरेगा, सीख बोलता ओ बेसी। फ्रंट (मोर्चा) पर तो हिन्दू, मुस्लिम, सीख, क्रिश्चियन सबको रक्तो एकसाथ बहाता हाय। रक्तो देखकर तो चीन ने (पहचानने) नेई शकेगा जे किस को रक्तो हाय।

रक्तो का बात से हाम को खेयाल हुआ। शोम्पादक जी, आगाड़ी तो 'ब्लड बैंक' लोगों से अपील कोरता था जे ब्लड दाओं (दो), किन्तु लोक बोहुत कोम देता था, अभी लोक 'ब्लड बैंक' से अपील कोरता हाय जे हमारा रक्तो नाओ (लो)। आप आश्चज्जो (आश्चर्य) हो जायगा शोम्पादक जी, हास्पिटाल्स के शामना में ब्लड देने वाला का क्यू लागा हाय। जोथेष्टो डाक्टार नेई हाय जे ब्लड निकालेगा। ए शोब देखकर हमारा ब्लड दोगुना हो गिया। हाम दो ठो बौटल रक्तो देना मांगता था, किन्तु डाक्टर बोला जे आगाड़ी एक ठो बौटल दाओ, किंछू दिन पिछाड़ी आर देने सकेगा। बोलिए तो शोम्पादक जी, जब पूरा देश हमारा जुवान का पीछाड़ी हाय तो पाकिस्तान किंवा आर कोई शोत्रु हमारा शामना में खड़ा रहने शकेगा। कभी नेईं !

किन्तु थोड़ा ठो खाराप (खराब) बात भी हाम दिल्ली में देखा हूं। ओ भी लिखूंगा। इधर में रयूमार्स (अफवाहें) बोहुत चलता हाय। 'आकाशबानी' एक ठो खोबर देता हाय, किन्तु लोक बोलेगा नेईं, ए ठीक खोबोर नेईं हाय,

असलि खोबोर उसको मालूम हाय। अरे शाला, तुम्हारा चोख (आंख) में किया टेलीभिजन लागा हाय जे तुम दिल्ली बोइठ कर फ्रंट का शोब बात बोलता हाय। मोहाभारत जुग में शोन्जोय हुआ था, उसका पीछाड़ी तो कोई शोन्जोय हुआ नेईं, किन्तु ए माडर्न शोन्जोय तो उस पुराना शोन्जोय का मुख में भी चूना लगा दिया। हाम बोला जे भाई ए रयूमार्स मत फैलाओ, शरकार भी ए ही बात बोलता तो भी नेईं शुनता।

दूसरा बात हाम देखा हाय जे बोहुत-सा बिजनेसमैन बड़ा-बड़ा रिजोल्यूशन तो पाश कोरता हाय, आर चांदा भी देता हाय, किन्तु उशको शाथ ब्लैक मार्केटिंग भी कोरता हाय। इधर में चीजों का दाम बेशी हो गिया हाय। भालो चाल माने आच्छा चावल तो अन्डर ग्राउन्ड चला गिया हाय। ब्लैक में बिकिरी होता हाय। आर देखिए टार्च का दाम एकदम बाढ़ाय दिया हाय। इधर में तो ब्लैक आउट चलता हाय ना। टार्च का दरकार बेशी हाय। कोम्पानी तो दाम नेईं बाढ़ाया हाय, किन्तु दोकानदार बाढ़ाया हाय। टार्च का बात शे हाम को खेयाल आया। इधर में बिकाल (शाम) सात बाजे का पीछू ब्लैक आउट हाय। ए तो बोलने परेगा जे नाइन्टी पर्सेन्ट (नब्बे प्रतिशत) लोक आच्छा करके ब्लैक आउट किया हाय—बाड़ी में ओधोंकार राखता हाय माने बाहार से प्रोकाश दिखाता नेईं हाय। दरजा आर खिड़की का ग्लास में कागोज लगाया हाय, कर्टेन (पर्दा) दिया हाय, कोम पाभार का बल्ब दिया हाय, किन्तु दस पर्सेन्ट लोक एइसा हाय जे डिसिप्लिन में नेईं रहने मांगते। ओ खुला लाइट देखाता हाय। हाम तो मानता हाय जे पाकिस्तान को शाहोश नेईं हाय जे दिल्ली पर बोमा फाटाएगा, किन्तु कोन जानता हाय। जुद्ध में तो शब होने शकता हाय। सपोज पाकिस्तानी बाम्बर बोमा फेंकने का वास्ता आता हाय तो ए लाइट उवाला लोक उशको रास्ता देखाएगा जे इधर में फेंको। हाम बोलता हाय जे शाला तुम आतंहत्ता (आत्महत्या) करना मांगता हाय तो करो, पुलिस तुमको धोरने (पकड़ने) पारेगा तो धोरेगा, हाम बारोण (मना) नेईं कोरेगा, किन्तु तुम अपना शाथ अन्नो

(अन्य) लोक का प्रान डेंजर में डालता है काहे ? बोमा नेईं भी फाटेगा तो भी ए डिसिप्लिन का अंगो हाय। ए बख्त डिसिप्लिन बोहुत जोरूरी हाय।

एई शाब हाम जे देखा ओही लिखा हूं शोम्पादक जी! हमारा काज होने शे हाम कोलकाता फिर गिया। ए बार बिन्दु को मां का वास्ता शाड़ी भी नेईं कीना हाय। हाम अपना पोयशा से एक दिन का बेतोन (वेतन) डिफेंस-फंड' में दिया हाय। आच्छा शोम्पादक जी, अभी शेष कोरते हूं। नोमोश्कार।

आपको बिश्शैसपात्रो

कालीपदो बोन्दोपाद्धैय

(के० पी० बैंडो)

जनसेवक

“भाई, हमें तो अब छुट्टी दो। बहुत दिन जनता की सेवा कर ली, अब कुछ अपना काम-धन्धा भी देखने दो।” महेशजी ने कहा किन्तु उनके भक्त कहां मानने लगे। खैर, यह कोई पहली बार ऐसा नहीं हुआ था। बेचारे महेशजी (यह उनका असली नाम नहीं है क्योंकि उन्हें ‘पब्लिकसीटी’ से बहुत चिढ़ है) कब से पतनपुर की सेवा कर रहे हैं। अपनी किशोरावस्था में वे ‘बस कलेण्डर’ थे और उनका काम था बस को धो-पोंछकर सवारियों के बैठने योग्य बनाना, उनका सामान चढ़ाना, उतारना, टिकट के पैसे इकट्ठे करना आदि। फिर ‘डलेवर’ बने और डलेवर से मालिक। तभी छिड़ गया दूसरा महायुद्ध। महेशजी जी-जान से जनता की सेवा में जुट गए। ट्रक खरीदे, मशीनें लगाईं, राशन की दूकानें खोलीं और जब महंगाई बढ़ी और चीज़ों की कमी हुई तो चुपचाप, लुक-छिपकर जनता की सेवा करते रहे। जनता ने भी उन्हें पतनपुर का नेता मान लिया। वे पतनपुर की मुख्य पार्टी के प्रधान बने, नगरपालिका के चेयरमैन बने और पता नहीं क्या-क्या बनाए गए और जब कभी वे जन-सेवा से अवकाश लेने की बात सोचते, उनके भक्त उन्हें फिर से सेवा-कार्य में लग जाने के लिए मजबूर कर देते। इस बार भी वही हुआ और महेशजी ने बड़ी अनिच्छा से नगरपालिका की सदस्यता के लिए टिकट दिए जाने योग्य उम्मीदवारों के चुनाव का भार अपने ऊपर ले लिया। उसी सम्बन्ध में उम्मीदवारों के इण्टरव्यू होने लगे।

"सभाएं भंग करा सकते हो ?'' महेशजी ने गरजकर पूछा। सामने खड़ा व्यक्ति थर-थर कांपने लगा। कमरे में कुछ देर चुप्पी छाई रही।

"बोलते क्यों नहीं ?'' फिर गरज हुई।

"जी नहीं।" वह व्यक्ति मिनमिनाया।

"तो यहां क्या करने आए हो ?...पता नहीं कहां से ढांग के ढाए, नदी के बहे, ऐरे-गैरे, नत्थूखैरे चले आते हैं...बिजली सिंह ! दूसरे आदमी को भेजो।" महेशजी ने आज्ञा दी।

दूसरा उम्मीदवार आया।

महेशजी के दो मित्रों को उनके स्वास्थ्य की बहुत चिन्ता हो गई। ये मित्र थे ब्रह्मा और विष्णु—नाम ये भी असली नहीं हैं क्योंकि ये महानुभाव भी केवल गुप्त दान, चाहे वह सेवादान हो या अर्थदान अथवा सामग्री-दान (जिसमें लेना-देना सम्मिलित हैं) में ही विश्वास करते हैं। ब्रह्माजी कई स्कूलों, अनाथालयों तथा महिला-आश्रमों द्वारा पतनपुर की जनता की सेवा कर रहे हैं—स्कूल जनता की सेवा के लिए और महिला-आश्रम मित्रों तथा उच्चाधिकारियों की सेवा के लिए। दो-एक हैण्डलूम कारखाने भी थे जिनमें अनाथों तथा असहाय अबलाओं को काम सिखाया जाता था। वर्षों से ब्रह्माजी महेशजी के सहयोगी हैं।

विष्णुजी लक्ष्मीपति ठहरे। वे केवल धातुओं का व्यापार—क्षमा कीजिए, धातुओं द्वारा जनता की सेवा करते हैं। यों तो बाल्टी, बर्तन आदि बनाने के कारखाने हैं, किन्तु स्वर्ण-नियन्त्रण कानून से दुःखी विवाह-योग्य कन्याओं के पिताओं, स्वर्णकारों आदि की सहायता वे मुक्त-हृदय, किन्तु गुप्त-हस्त द्वारा सब समय करते रहते हैं। वर्षों से वे पतनपुर की प्रमुख पार्टी के कोषाध्यक्ष तथा नगरपालिका की महत्त्वपूर्ण कमेटी के चेयरमैन के रूप में जनता की सेवा करते रहे हैं। जनता के दुःख-सुख का ध्यान और कौन रख सकता है !

"भई, मेरी समझ से तो महेशजी को इतना काम नहीं करना चाहिए। उनके स्वास्थ्य पर बुरा प्रभाव पड़ेगा।" विष्णु ने चिन्तित स्वर में ब्रह्मा से कहा।

"लेकिन किया क्या जाए। महेश को तो सेवा करने का नशा है। सुना है, उसने टिकट बांटने आरम्भ कर दिए हैं।'' ब्रह्मा ने कहा।

"मित्रता के नाते हमारा भी तो कुछ कर्तव्य है। अगर वह अपने आप आराम नहीं करना चाहता तो हमें उसे मजबूर करना चाहिए। मैं सोचता हूं कि आज सन्ध्या के अपने भाषण में जनता के सामने कुछ बातें रखकर पूछूं कि क्या एक व्यक्ति के ऊपर इतना काम लादना उचित है कि वह मर जाए..." विष्णु ने कहा।

संसार में दूसरों के दुःख से दुःखी होनेवालों की कमी अब भी नहीं है। महेशजी को अपने मित्रों की चिन्ता थी। वे सोचते थे कि विष्णु और ब्रह्मा जनता की सेवा में अपने प्राण दे रहे हैं और उनको आराम करना चाहिए। वैसे पंडित नेहरू ने नारा दिया था—आराम हराम है। किन्तु फल क्या हुआ? अपने प्राण दे दिए और देश उनकी सेवाओं से वंचित रह गया। महेश अपने रहते पतनपुर में ऐसी दुर्घटना नहीं होने देना चाहते।

"सभा भंग करा सकते हो?" उन्होंने दूसरे उम्मीदवार से पूछा।

उम्मीदवार अपनी पान से काली पड़ी हुई बत्तीसी दिखाकर बोला, "एक बार मौका दिया जाए सरकार!"

"पहले कभी यह काम किया है?"

"अब अपने मुंह से अपनी क्या तारीफ करूं सरकार, कल ही दिल्ली से दो ब्याने मिले हैं।"

"ठीक है, आज शाम की सभा भंग हो गई तो टिकट मिल जाएगा।" महेशजी ने कहा और जब उनके एक ठसबुद्धि भक्त ने इस कार्य के औचित्य के प्रति सन्देह व्यक्त किया तो उन्होंने समझाया, देखते नहीं, विष्णु मेरे स्वास्थ्य का कितना ध्यान रखता है। बेचारा सारे काम अपने ऊपर लेना चाहता है। रक्तचाप का मरीज़ है। भाषण के जोश में कहीं दौरा-वौरा पड़ गया तो जनता की सेवा कौन करेगा...तीसरा उम्मीदवार बुलायो।"

उम्मीदवार आया तो महेशजी फिर बिगड़े।

"साले चले आते हैं टिकट लेने। अबे तीस इंची छाती से कहीं चुनाव लड़े जाते हैं। तुम्हें मुनिसपाल्टी में लेकर क्या करना है !"

"मेरी छाती मत देखिए हुज़ूर, गुण देखिए।" उम्मीदवार बोला।

"अखबार पढ़ते हो ?"

"कभी-कभी सुन लेता हूं।"

"पढ़ते क्यों नहीं ?"

"हें...हें...पढ़ने का अभ्यास छूट गया है। जनता की सेवा से फुर्सत ही नहीं मिलती।"

"पढ़ना आता नहीं, बदन में जान नहीं, तब क्या करोगे ? अब तो मुनिसपाल्टियों, विधानसभाओं, सरकारी, गैर-सरकारी सभा-सोसाइटियों में उन्हींकी बात चलेगी जिनके हाथ-पैरों में दम होगा। बंगाल, बिहार, यू० पी०, पंजाब, राजस्थान सब जगह यही हाल है। तुम्हें मेम्बर बनाकर क्या फायदा, एक फूंक में तो उड़ जायोगे।" महेशजी ने कहा।

"लेकिन हुज़ूर मेरे पास हाथ-पैरों से ज़्यादा ताकतवर चीज़ है।"

"क्या ?

"ज़ुबान।"

"क्या खूबी है तुम्हारी ज़ुबान में ? आजकल बिना गाली-गलौज किसी मीटिंग में जीत नहीं हो सकती। गाली देना जानते हो ?"

"आप ही फैसला कीजिए हुज़ूर।" उम्मीदवार ने कहा और उसके बाद पन्द्रह मिनट तक उसके मुख से गालियों की जो अविराम धारा प्रवाहित हुई उसे सुनकर महेशजी जैसा पुराना खिलाड़ी भी मुंह बाए रह गया। संयत होकर उन्होंने पूछा :

"पुलिस में रहे हो क्या ?"

"जी नहीं, पालीटिक में आने से पहले पानी के जहाज़ में काम करता था...तो फिर मेरे लिए क्या हुक्म है?"

"टिकट मिल जाएगा।"

उस सभा के पश्चात्, जोकि नहीं हो सकी थी, ब्रह्मा भी महेश से इस

बात पर सहमत हो गए कि विष्णु का स्वास्थ्य इस योग्य नहीं कि वह जन-सेवा जैसा परिश्रम-साध्य कार्य कर सके।

"भला देखिए जब वह एक छोटी-सी सा नहीं संभाल सकता तो नगरपालिका को क्या संभालेगा और आजकल सेवा वही कर सकता है जो इधर-उधर आ-जा सके, सभाओं में बोल सके। भला पतनपुर में बैठकर जनता की क्या सेवा हो सकती है ! उसके लिए तो रोज़ इधर-उधर जाना पड़ेगा। लखनऊ, दिल्ली, लन्दन, न्यूयार्क, मास्को। बाहर गए बिना देश की असली हालत का पता नहीं चल सकता। मेरा सारा काम-धन्धा चौपट हुआ जा रहा है और एक पुराना साथी बेचारा अब कुछ कर नहीं सकता..."

"लेकिन उसका स्वास्थ्य..." महेशजी ने कहा।

"हां, सो तो है, लेकिन मैं यह सोच रहा था किविष्णु के पास चुनाव-फण्ड का हिसाब-किताब भी है। कहीं बीमारी इतनी न बढ़ जाए कि..."

"चुनाव-फण्ड की क्या चिन्ता है ! जनता के सेवक को फण्ड की क्या आवश्यकता ! हमारा फण्ड तो है हमारी जनता। हमने तो उसीकी सेवा का व्रत लिया है। मुझे खबर मिली है कि नगर में बीमारी फैलने का डर है। सब्ज़ी और फलों की आमद पर कड़ी रोक लगा दी है। सब्ज़ी और फल सिर्फ मेवालाल और फूलचन्द की मार्फत आ सकेंगे, जिससे बीमारी फैलने पर किसीको उत्तरदायी ठहराया जा सके और हैल्थ डिपार्ट की चैकिंग ड्यूटी लगा दी है।" महेशजी ने कहा। उन्होंने ठीक ही कहा था कि जनसेवक का फण्ड जनता है। पतनपुर की जनता ने बड़ी प्रसन्नतापूर्वक पहले की अपेक्षा एक आने से लेकर चार आने किलो तक अधिक दाम देकर सब्ज़ियां खरीदनी आरम्भ कर दीं। लेकिन काफी लोगों को इतनी शुद्ध सब्ज़ियां माफिक नहीं आईं। उन्हें सब्ज़ियां खानी कम करनी पड़ीं।

लाला लोहामल विष्णुजी से कह रहे थे, "बिस्णूजी, हमने तो सुण्या था अक् आपकी तबीयत कुछ नरम चल रही है, और आपको अराम की जरूरत है..."

"लालाजी, आराम अपने भाग में कहां ! और तुम ही बताओ, जब

जनता दुःखी हो तो मैं आराम कैसे कर सकता हूं ! चारों तरफ महंगाई, गरीबी, अकाल की हालत हो तो मैं आराम की बात सोच भी नहीं सकता...हां वह अनाथाश्रम के लिए जो टीन की चादरें एलॉट हुई थीं वे कहां गईं ?"

"अजी वो गई बिरम्हाजी की हैण्डलूम फैक्टरी में।"

"और अन्ध-पाठशाला के लिए जो गर्डर दिए गए थे वो कहां गए ?"

"वो गए महेसजी के कारखाने में।"

"कोई सबूत ?"

"शबूत तो उनके मनीमों के दसखत हैं।"

"लेकिन मुनीम लोग स्कूल और अनाथाश्रम के काम भी तो देखते हैं।" विष्णुजी ने कहा।

"हें...हें...बिस्णूजी, लोहामल कच्ची गोलियां थोड़ई खेल्या है। मुझ इबकी बार फानिंस कुमेटी का चेयरमैन बणाकर जनता की शेवा करणे का मौका दे दो, शारे शबूत थारे हाथ में दे दूंगा। मुझे क्या करणा है। मैं तो जनता की शेवा करणा चाहूं हूं।"

दोनों बहुत देर तक जनता के दुःख से दुःखी रहे।

महंगाई के विरोध में पतनपुर में एक बड़ी सभा हुई। महेशजी अनिच्छापूर्वक सभापति बने। अपने सारे काम-धन्धों का हर्ज करके ब्रह्माजी आए। अपनी बीमारी की चिन्ता न करके विष्णुजी भी जनता का दुःख दूर करने के लिए सभा में पधारे। उन्होंने बड़ा ज़ोरदार भाषण दिया। उन्होंने कहा कि वे पतनपुर के कालाबाज़ारियों, मुनाफाखोरों, मिलावटियों तथा अन्य बेईमानों को चेतावनी देते हैं कि उन्हें जनता पर अत्याचार नहीं करने दिया जाएगा (इस-पर बहुत तालियां बजीं) और उन्हें ऐसी सज़ा दी जाएगी कि वे पतनपुर छोड़कर भागने पर मजबूर हो जाएंगे। फिर उन्होंने भरी सभा में जनता से यह पूछा कि वे लोग अपने शुभचिन्तकों को मारने पर क्यों तुले हैं। क्या वे नहीं जानते कि महेश और ब्रह्माजी कितने वर्षों से कड़ा परिश्रम करके जनता की सेवा में अपने प्राण न्योछावर करने का प्रयत्न कर रहे हैं और अपनी बीमारियों को छिपा रहे हैं

और कि उन्हें आराम की आवश्यकता है।

महेशजी सभापति थे इसलिए सभा भंग नहीं हुई।

बड़े-बड़े भाषण हुए, बहुत-सी गुप्त तथा प्रकट सभाएं हुईं। अन्त में यही निश्चित हुआ कि सच्चे जनसेवी को कोई भी शक्ति जनसेवा से विमुख नहीं कर सकती। ब्रह्मा, विष्णु, महेश तीनों नगरपालिका के लिए खड़े होंगे—और चुने भी जाएंगे—यह निश्चित हो गया। हां, मैं तो भूल ही गया था। उस दिन की महंगाई-विरोधी सभा का जनता ने व्यावहारिक रूप से कड़ा विरोध किया। लोगों ने साग-सब्ज़ी, आटा-दाल-चावल, नमक, कपड़ा, लोहा, दवाएं सब ऊंचे दामों पर खरीदनी प्रारम्भ कर दीं। आखिर जनसेवकों को जनता की सेवा करने का अवसर और कैसे दिया जा सकता है?

दब्बू पति क्लब

समाचारपत्रों में जिस दिन से यह समाचार पढ़ा था कि चियाक्रो-तुंग (फारमोसा) में एक दब्बू पतियों के क्लब की स्थापना हुई है, उसी दिन से छाती पर एक दर्जन सांप लोटने लगे थे और उनकी संख्या बढ़ती ही जा रही है। इस बात में भी आखिर विदेशी हमसे बाज़ी मार ले गए ! क्या अपने देश के सारे दब्बू पति मर गए ? जी नहीं, अपने देश में क्या नहीं था और क्या नहीं है। विदेशियों ने कुल साठ वर्ष पहले उड़ना सीखा, हमारे यहां रामायण काल में पुष्पक विमान था; अमरीका ने कुल सत्रह वर्ष पहले एटम बम बनाया, हमारे यहां कब से ब्रह्मास्त्र का प्रयोग होता था; रेडियो तथा टेलीविज़न पश्चिम में हाल के आविष्कार हैं, अपने यहां महाभारत काल में संजय ने धृतराष्ट्र को महाभारत युद्ध का आखों-देखा हाल रनिंग कमेंट्री समेत सुनाया था और मज़ा यह कि उसे आजकल के रेडियो, टेलीविज़न ग्रादि के कार्यकर्ताओं की भांति घटनास्थल पर भी नहीं जाना पड़ा था—महल में बैठे-बैठे आंखें बन्द कीं और हो गई कमेंट्री चालू। इसी प्रकार दब्बू पतियों की भी कमी नहीं थी। राजा दशरथ ही को लीजिए। कैकेई की एक ही व दृष्टि ने उनकी उत्तराधिकार-सम्बन्धी योजना को फेल कर दिया। भगवान राम तो विवाह से पहले ही से सीताजी के इशारों पर चलने लगे थे। पुष्पवाटिका में सीताजी को देखा और ले के बढ़े शिवजी का धनुष तोड़ दिया, उसके लिए चाहे परशुराम क्षत्रियों को निर्मूल करने के लिए उतारू हो जाएं। आगे चलकर भी

सीताजी की स्वर्णमृग-छाला पाने की इच्छा ही भयंकर युद्ध का कारण बनी। ये तो हैं पुराने युग की बातें। आज भी पत्नी ने कहा, 'देखो जी, मेरी सहेली के पास नये-नये डिज़ाइन के हार हैं और मैं वही पिछले साल वाला पहन रही हूं। जल्दी नया हार नहीं आया तो...' और पति बेचारा उस 'तो' को जानने का साहस नहीं कर सकता। गबन करेगा, रिश्वत लेगा, चोरी करेगा, जेल जाएगा, लेकिन हार मौजूद ! तो, मतलब यह कि हमारे देश में दब्बू पतियों की संख्या, पिछली जन-गणना के अनुसार, देश के कुल विवाहित पुरुषों की संख्या के आस-पास ही है–थोड़ी-सी ही कमी है। वह कमी कुछ मुझ-जैसे...खैर, अपने मुंह से अपनी प्रशंसा क्या करूं ? हां तो दुख की बात यह है कि दब्बू पतियों की अभी तक कोई संस्था नहीं है। इसलिए मैं यह चाहता हूं कि हम लोग अविलम्ब ऐसी संस्था की स्थापना करके संसार के अग्रणी देशों में कम से कम दूसरा स्थान प्राप्त कर सकें (प्रथम तो फारमोसा ने ले ही लिया)। इसके लिए क्लब के कुछ नियम-उपनियम बनाना आवश्यक है। नीचे थोड़े-से ही नियम दिए जा रहे हैं, क्योंकि मुझे विश्वास है कि शीघ्र ही इस संस्था का राष्ट्रीयकरण हो जाएगा और तब तो नियमों की एक विशद संहिता बनानी ही पड़ेगी।

नाम—संस्था का नाम 'दब्बू पति क्लब' होगा।

[टिप्पणी—कुछ लोगों को शुद्ध देशी संस्था के साथ 'क्लब' शब्द जोड़ने में आपत्ति हो, किन्तु यदि हिन्दी को समृद्ध तथा सारे देश द्वारा स्वीकार्य भाषा बनाना है तो उसमें जहां तक हो सके अंग्रेज़ी, फारसी, अरबी, बंगला, तमिल, तेलुगू, मलयालम आदि—मतलब यह कि हिन्दी तथा संस्कृत छोड़कर सभी —भाषाओं के शब्द ठूंसना आवश्यक है। इससे चाहे हिन्दी भाषा-भाषी लोगों को नई हिन्दी समझने में कठिनाई भले ही हो, किन्तु हिन्दी को सरकारी मान्यता तथा क्लब को सरकारी अनुदान प्राप्त होने में सहायता मिलेगी।]

क्षेत्र—चीन तथा पाकिस्तान अधिकृत भारतीय क्षेत्रों सहित समस्त

भारतवर्ष जिसमें गोवा, डमन और डिऊ भी सम्मिलित हैं।

सदस्यता—दो प्रकार की होगी। साधारण तथा विशिष्ट।

[देखिए परिभाषा (आ) तथा (ई)]

भारतवर्ष का प्रत्येक विवाहित पुरुष क्लब का सदस्य बन सकेगा। विवाहाकांक्षी युवक जो क्लब के नियमों का भविष्य में पालन करने का बॉण्ड भरें तथा विधुर भी, क्लब के दो स्थायी सदस्यों की सिफारिश पर सदस्य बन सकते हैं। ऐसे कुंवारों, जिनका भविष्य में विवाह करने का विचार नहीं है, विशेषतः ऐसे कुंवारे जो 'ओल्ड बैचलर्स' के नाम से पुकारे जाते हैं, के लिए क्लब में कोई स्थान नहीं होगा। वे लोग किसी सदस्य के अतिथि बनकर भी क्लब के कार्यक्रमों में सम्मिलित नहीं हो सकेंगे।

परिभाषा—(अ) दब्बू पति : जो पति अपनी पत्नी से किसी भी कारण डरता हो या जो महीने की पहली तारीख को अपने वेतन का एक-एक नया पैसा गिनकर पत्नी के हाथ पर रख देता हो या जो पत्नी से बिना पूछे घर से बाहर न निकलता हो।

[इस परिभाषा के अन्तर्गत वे व्यक्ति भी आ जाते हैं जिनके किसी ऐसी स्त्री से, जो कानून की दृष्टि में उनकी पत्नी न होते हुए भी उनकी पत्नी जैसी हो, वैसे ही सम्बन्ध हों जैसे (अ) में ऊपर लिखे गए हैं, दब्बू पति कहलाने के अधिकारी होंगे।]

(आ) साधारण सदस्य : एक पत्नी से जिसके ऐसे सम्बन्ध हों जैसे परिभाषा (अ) में दिए गए हैं।

(इ) विशिष्ट दब्बू पति : जो पत्नी से मार खाते हों या जिनके एक से अधिक पत्नियां हों तथा जिनमें से कम से कम एक के साथ उनके वही सम्बन्ध हों जो परिभाषा (अ) में दिए गए हैं। इनके अतिरिक्त जो पति घर का वह सब काम-धन्धा जो साधारण पत्नी का कार्य समझा जाता है जैसे भोजन बनाना, बच्चों को नहलाना-धुलाना, बोतल का दूध पिलाना, थपकी देकर सुलाना आदि करते हों, विशिष्ट सदस्यों की श्रेणी में आते हैं।

[टिप्पणी–साधारण तथा विशिष्ट सदस्यों की योग्यताओं की पूरी सूची

देना सम्भव नहीं है, ऊपर केवल कुछ उदाहरण दिए गए हैं। क्लब की कार्यकारिणी समिति प्रत्येक प्रार्थी की योग्यताओं , पर विचार करके निर्णय करेगी कि वे किस श्रेणी में रखे जाएं।]

(ई) प्रधान—बह विशिष्ट दब्बू पति जो क्लब का प्रधान चुना गया हो।

(उ) उप-प्रधान—वह विशिष्ट दब्बू पति जो क्लब का उप-प्रधान चुना गया हो।

(ऊ) मन्त्री—बह दब्बू पति जो क्लब का मन्त्री चुना गया हो।

[इनके अतिरिक्त क्लब की कार्यकारिणी समिति में पांच अन्य निर्वाचित सदस्य होंगे, जो बहुमत से किसी भी प्रस्ताव को पास कर सकेंगे। कार्यकारिणी का एक कर्तव्य यह भी होगा कि वह क्लब के सदस्यों के लिए शीघ्रातिशीघ्र एक व्यवहार-पंजिका प्रस्तुत करे जिसमें सदस्यों के द्वारा घर के भीतर तथा बाहर किए जानेवाले व्यवहारों की नियमावली हो। व्यवहारों के कुछ नमूने प्रस्तुत हैं।

(1) अपनी पत्नी से बात करते समय किसी भी दब्बू पति का स्वर मध्य सप्तक के धैवत से ऊपर न पहुंचे। पुकारते समय स्वर तार सप्तक में पहुंच सकता है, किन्तु पुकार में 'अजी', 'सुनती हो आदि आदर तथा प्यार सूचक शब्द जुड़े होने चाहिए।

(2) कोई दब्बू पति अपने लिए कोई भी चीज़ तब तक नहीं खरीद सकता, जब तक पत्नी के लिए अधिक दाम वाली चीज़ न खरीद ले। उदाहरणार्थ अपने लिए दाढ़ी बनाने का साबुन खरीदना हो, तो पत्नी के लिए बैनिशिग क्रीम अथवा पाउडर खरीदे। अपने लिए बुशशर्ट लेनी हो, तो पत्नी के लिए साड़ी खरीदे। यदि कभी ऐसी अनहोनी परिस्थिति आ ही पड़े कि पत्नी को इन चीज़ों की आवश्यकता न हो, तो स्वयं भी बिना चीज़ के रह जाए। पत्नी पर यदि कभी क्रोध आ जाए—आदर्श दब्बू पति को इस गन्दी आदत से बचना चाहिए, किन्तु मनुष्य की कमज़ोरियों को ध्यान में रखते हुए यह डर है कि सभी दब्बू पति पूरी तरह इसमें सफल

नहीं होंगे—तो उसे बच्चों पर उतारा जाए, यदि अपने बच्चे न हों, तो पड़ोसियों के बच्चों पर उतारा जाए। पड़ोसी अपने-आप कुछ न कुछ प्रबन्ध करके रहेंगे। इसमें क्रोध की आदत को छूटने में और यदि ऐसा न हुआ तो प्राण छूटने में सहायता मिलेगी। पत्नी से बिना पूछे किसीको चाय, खाने अथवा सिनेमा का निमन्त्रण न दिया जाए, दे दिया गया हो और पत्नी की इच्छा न हो, तो कैंसिल कर दिया जाए आदि। इसके अतिरिक्त...

अभी इतने ही नियम लिख पाया हूं। रसोई से एक पुकार अभी-अभी आई है। हां, एक बात जो आरम्भ में ही लिखनी चाहिए थी, किन्तु भूल गया था...'आ रहा हूं...ऊं ऊं !' (क्षमा कीजिए, आपसे नहीं। रसोई में से दूसरी पुकार आई थी।...हां तो दब्बू पति क्लब का सदस्य बनने के लिए भी पत्नी की पूर्वानुमति नितान्त आवश्यक है और मैं भी इस क्लब की नियमावली प्रेस में तभी भेजूंगा जब...'अजी आ गया...!'

कलसिया मिच

पिछले सात दिन से लगभग हर रोज़ सवेरे और शाम—दोनों बार—भोजन करते समय विन्ध्या बाबू बड़बड़ाते थे। उस दिन भी वही कर रहे थे, "यह खाना है या गोबर ?"

"गोबर का स्वाद मुझे तो पता नहीं, तुम्हें होगा। तुम्हीं बता सकते हो," बिन्द्रा की मां—विन्ध्या बाबू की पत्नी—ने उत्तर दिया।

यों तो कोई भी स्त्री अपने पकाए भोजन की बुराई दूसरे के मुंह से नहीं सुन सकती, फिर विन्ध्या बाबू की पत्नी तो अपनी कोई भी आलोचना, विशेषतः विन्ध्या बाबू के मुंह से, नहीं सुन सकती थीं। दोनों का विवाह हुए लगभग 38 वर्ष हो चुके थे।

उत्तर सुनकर विन्ध्या बाबू के जी में आया कि भोजन की थाली बिन्द्रा की मां के सिर पर मार दें; किन्तु ऐसी-ऐसी बातें तो उनके जी में सारे दिन आती रहती थीं, सबपर अमल थोड़े ही किया जा सकता था ! अपनी इच्छा को दबाकर उन्होंने कहा, "खाने में कोई स्वाद ही नहीं। बिलकुल फीका-फीका-सा है। घर में इतनी मिर्च आती हैं, पता नहीं कहां चली जाती हैं ! तुम्हारा हाथ ही बिगड़ गया है..."

विन्ध्या बाबू की पत्नी कहने वाली थीं कि तुम्हारा मुंह ही बिगड़ गया है, पर तभी विन्ध्या बाबू ने उनके बदले हुए तेवर देखकर जल्दी से कहा, "पहले तुम इतना बढ़िया खाना पकाया करती थीं..."

उनकी पत्नी ने ज़हर का बुझा तीर तरकस में रख लिया और बोलीं,

"आगलगी मिर्चे ही खराब आती हैं। एक मुट्ठी भरकर तो पड़ती हैं लेकिन..."

बात यहीं समाप्त नहीं हुई। मिर्चें बदल-बदलकर लाई गईं किन्तु भोजन का स्वाद एक बार जो बिगड़ा था फिर नहीं सुधरा। विन्ध्या बाबू ने अपने स्वभाव के अनुसार रोग की जड़ पर ही चोट की। बाज़ार में अच्छी मिर्चें नहीं मिलतीं तो वे स्वयं अच्छी मिर्चें उगाएंगे। जब मिर्चें अपने-आप उगाने का निश्चय कर लिया तो फिर वे जी-जान से इसी काम में जुट गए। मिर्षों के बारे में जो कुछ भी और जहां भी मिला, पढ़ा—लाल मिर्च। कैप्सिकम एनम जो अंग्रेज़ी में गिनी पेप्पर, पाड पेप्पर आदि नामों से पुकारी जाती है। सोलेनेसी परिवार के पौधे का फल होती है। कच्चे फल का रंग हरा और पकने पर फल का रंग पीला, लाल, कत्थई हो जाता है। पौधे की ऊंचाई दो-ढाई फुट और फल की लम्बाई छः इंच तक होती है। फल में बहुत-से छोटे-छोटे, चपटे, पीले रंग के बीज होते हैं। साधारणतः कैप्सिकम फ्रूटसेंस का ही फल खाया जाता है।

यह पौधा विषुवत् रेखा के आसपास तथा समान जलवायु बाले भागों में पाया जाता है। इसकी खेती विशेषतः भारत, मेक्सिको, स्पेन, पुर्तगाल और हंगरी में होती है। फल हरा और सूखा—दोनों—भोजन में स्वाद पैदा करने के लिए प्रयुक्त होता है और दवा बनाने के काम में भी आता है। इसका स्वाद तीखा और जलन पैदा करने वाला होता है। सारे भारत में इसकी खेती होती है, किन्तु दक्षिण भारत में प्रचार अधिक है।

मिर्च पर भली भांति खोज करने के बाद बिन्ध्या बाबू ने अपने बाग-जिसे उन्होंने पड़ोसियों से तंग आकर अपने हाथों उजाड़ दिया था—का पुनरुद्धार किया। देश के सबसे प्रसिद्ध बीज-विक्रेता के यहां से न केवल देश के विभिन्न प्रान्तों बल्कि विदेशों की भी सबसे तेज़ मिर्षों के बीज मंगाकर पौध तैयार की। पौध को क्यारियों में रोपकर पौधों के बढ़ने की प्रतीक्षा करने लगे।

एक दिन विन्ध्या बाबू को एक तार मिला—पिताजी सख्त रात बीमार

हैं। फौरन आइए।

—सरला

तार विन्ध्या बाबू की भतीजी का था। विन्ध्या बाबू का एक छोटा भाई था—गगनबिहारीलाल। उनका पैतृक मकान जिसे उनके पिता ने बनवाया था, मेरठ में था। पिता की मृत्यु के समय विन्ध्या बाबू का विवाह हो चुका था और वह नौकरी पर लग चुके थे। गगनबिहारी तब पढ़ रहा था। उनकी मां पहले ही स्वर्गवासी हो चुकी थीं। विन्ध्या बाबू ने गगनबिहारी को बी० ए० तक किसी प्रकार पढ़ाया और नौकरी लग जाने पर उसका विवाह कर दिया। गगनबिहारी अपने बड़े भाई और भाभी का भक्त था। किन्तु उसकी पत्नी को यह अन्धभक्ति पसन्द नहीं आई। वह तो तब आई थी जब उसका पति खाता-कमाता था। उसे क्या पता था कि विन्ध्या बाबू तथा उनकी पत्नी ने किस प्रकार अपने बच्चों का पेट काटकर और गहने बेचकर गगनबिहारी को पढ़ाया था और उसका विवाह किया था ! वह क्यों जेठ-जेठानी का अहसान मानती !

आरम्भ छोटी-छोटी बातों से हुआ। विन्ध्या बाबू को भी बुरा लगता किन्तु वे अपनी पत्नी को ही समझाते, "बिन्द्रा की मां, बड़ी तुम हो, तुम्हें छोटों के मुंह नहीं लगना चाहिए। वह अभी बच्ची है। धीरे-धीरे अपने-आप समझ जाएगी।"

बच्ची के बच्चा भी हो गया, किन्तु फिर भी अपने-आप समझने के लक्षण उसमें प्रकट नहीं हुए। बात यहां तक बढ़ी कि दोनों भाइयों में अलग होने की नौबत आ गई। तभी भाग्य से विन्ध्या बाबू का तबादला लखनऊ हो गया। इस प्रकार दोनों भाई अलग भी हो गए और बंधी मुट्ठी भी बंधी रह गई।

लखनऊ तबादला होने के कुछ वर्ष बाद तक तो विन्ध्या बाबू पूजा-त्योहार पर मेरठ जाते रहे, किन्तु एक तो रोज़-रोज़ आने-जाने का खर्च फिर घर जाकर भी शान्ति के बदले अशान्ति मिलती, इस-लिए उन्होंने मकान का अपना हिस्सा किराये पर चढ़ा दिया और मेरठ जाना बन्द कर दिया।

गगनबिहारी के एक ही बच्ची थी—सरला। सरला के जन्म के सात वर्ष बाद दूसरे प्रसव के समय उसकी पत्नी का देहान्त हो गया। बच्चा गर्भ में ही मर गया था। उस समय विन्ध्या बाबू सरला को अपने साथ लाना चाहते थे, किन्तु गगनबिहारी ने नहीं भेजा था।

"आखिर मुझे भी तो जीने का कोई सहारा चाहिए," उसने कहा था। किन्तु पत्नी के मरने के पश्चात् वास्तव में वह जी नहीं रहा था, केवल दिन पूरे कर रहा था। घर से जैसे उसका सम्बन्ध ही टूट गया था। रात-दिन नशे में चूर पड़ा रहता। किसी प्रकार नौ वर्ष बीते। पहले भी एक बार दिल का दौरा पड़ा था। डाक्टरोंने शराब छोड़ने को कहा तो उसने उत्तर दिया था, "शराब और जान एकसाथ छूटेंगी।"

इस बार का दौरा गम्भीर था। गगनबिहारी के प्राण जैसे विन्ध्या बाबू की ही प्रतीक्षा कर रहे थे। उनके हाथ में सरला को सौंपकर उसने सदा के लिए आंखें मूंद लीं।

सरला लखनऊ आ गई। बिन्द्रा की मां आने से प्रसन्न नहीं हुई। वह सरला की मां का व्यवहार याद करके गुस्सा सरला पर उतारती। विन्ध्या बाबू कभी समझाते, "अरी भागवान, तुम्हें तो बैठे-बिठाए बेटी मिल गई। घर की शोभा बढ़ गई। बिन्द्रा के बन्दरों को देखो कैसे सीधे हो गए हैं। घर में लड़की न हो तो छोकरे उजड्ड और आवारा हो जाते हैं।"

कभी-कभी विन्ध्या बाबू बिगड़ भी पड़ते, "तुम हर समय उस बेचारी के पीछे क्यों पड़ी रहती हो ?"

"तो क्यों उसे लाकर मेरी छाती पर रख दिया ?"

"बिन्द्रा की मां, वह बेचारी दुखिया है, यह तो सोचो !"

"जब उसकी मां मुझे दुःख देती थी तब उसे भी सोचने को कहा शा तुमने ?"

"अरे, तो मां का बदला बेटी से लोगी ?"

"है तो उसी मां की बेटी। सांप का बच्चा..."

"खबरदार!" विन्ध्या बाबू गरजे ! "जो आज से उसे कुछ कहा तो अच्छा

नहीं होगा। सरला मेरे भाई की निशानी है।"

उस दिन बिन्द्रा की मां ने प्रकट में सरला को कुछ नहीं कहा। सरला कालिज भी जाने लगी।

सरला का कालिज जाना विन्ध्या बाबू के लिए मनबहलाव और परेशानी—दोनों—का स्रोत बन गया। कालिज की बस में जगह नहीं थी। रिक्शा में जवान लड़की को अकेली भेजना नहीं चाहते थे इसलिए विन्ध्या बाबू रोज़ रिक्शा से अथवा पैदल सरला को कालिज पहुंचा आते और ले आते।

एक दिन विन्ध्या बाबू सरला के साथ कालिज से रिक्शा में आ रहे थे। रास्ते में उन्हें एक परिचित दिखाई पड़े। रिक्शा रुकवाकर वे बातें करने लगे। कुछ देर बाद उन्होंने सरला से कहा, "बेटी तू चल, मैं थोड़ी देर में आता हूं।"

रिक्शा थोड़ी ही दूर गया था कि सामने से साइकिल पर आते हुए एक युवक ने लड़कों की आदत के मुताबिक सरला पर दृष्टि फेंकी और चिल्लाया, "सरला!"

उसने इतने ज़ोर से ब्रेक लगाए कि साइकिल फिसलकर गिर पड़ी। युवक ने फिर पुकारा, "सरला!"

रिक्शा रुकवाकर सरला ने भी कहा, "महेश, तुम!"

"तुम यहां कैसे, सरला?" महेश ने पूछा।

जब एक युवक और एक युवती सड़क के बीचोबीच बातचीत में इतने खो जाएं कि उन्हें रिक्शा और साइकिलों की घंटियां, इक्के-तांगे वालों की पुकार, मोटरों का हार्न तथा ठेले वालों की गालियां और भद्दे इशारे सुनाई और दिखाई देने बन्द हो जाएं तो कोई भी व्यक्ति समझ सकता है कि दोनों में क्या सम्बन्ध है।

सरला ने रिक्शा छोड़ दिया और दोनों पैदल चलने लगे। सरला ने बताया कि वह मेरठ से लखनऊ कैसे पहुंच गई थी।

"तुम्हें एकाएक देखकर मेरी तो जान ही निकल गई थी," महेश ने कहा।

"पहले तो मुझे देखकर ही जान आती थी!"

"मैंने सोचा कि तुम एक ही तरह लखनऊ आ सकती हो।"

"कैसे ?"

"पगली हो, इतना भी नहीं समझतीं !"

"धत् !" सरला ने कहा, "मेरा विवाह हो जाता और तुम्हें पता न चलता !"

"यही तो मैं सोच रहा था। अरे हां, यह पूछना तो मैं भूल ही गया कि तुम रहती कहां हो ?" महेश ने कहा। किन्तु अगले ही क्षण वह सिट्टी-पिट्टी भूल गया क्योंकि पीछे से एक कड़कती आवाज़ आई, "सरला !"

विन्ध्या बाबू को देखकर सरला को तो जैसे काठ मार गया। उसकी ज़ुबान बन्द हो गई, किन्तु जब महेश ने देखा कि उस कड़कती आवाज़ के स्वामी विन्ध्या बाबू थे तो उसकी नब्ज़ नार्मल पर आई। जल्दी से हाथ जोड़कर बोला, "नमस्कार, सर, आप यहां रहते हैं ?"

"अरे, महेश ! तुम यहां कैसे ?" विन्ध्या बाबू ने पूछा। इस बीच महेश का दिमाग बड़ी तेज़ी से काम कर रहा था। लड़का बहुत-से सिनेमा देखे हुए था। जिस परिस्थिति में वह था उसमें उसके प्रिय नायक तथा नायिकाओं ने क्या किया था, क्या संवाद बोले थे और कौन-से गाने गाए थे—यह भी उसे याद था। उसने जल्दी से कहा, "सर, आप ही के पास आया था।"

"मेरे पास ! अच्छा ! क्या काम है ?"

"सर, जब से आप रिटायर हुए हैं, आफिस का तो ढंग ही बिगड़ गया है। न कोई समय पर आता है, न काम करता है। सच पूछिए तो किसीको काम आता ही नहीं," महेश ने कहा।

महेश ने विन्ध्या बाबू के अन्तर के अत्यन्त कोमल भाग को छू दिया था। विन्ध्या बाबू मन ही मन यह विश्वास करते थे कि उनके रिटायर होते ही आफिस की दशा बिगड़ जाएगी। कोई भी काम ठीक और समय पर नहीं होगा और आफिस वालों को अकसर उनकी सहायता की आवश्यकता पड़ेगी।

वह प्रतिदिन आफिस से किसीके आने की प्रतीक्षा करते थे, किन्तु कोई नहीं आया और दिन, सप्ताह, महीने और वर्ष बीतते गए जिनके खालीपन को भरने के लिए विन्ध्या बाबू ने गाय पाली, बाग लगाया, घरेलू डाक्टर बने, यहां तक कि प्रेम भी कर डाला।

बाज़ार में कोई पुराना सहकर्मी कभी मिल जाता था तो विन्ध्या बाबू गोल शब्दों में इस बात का संकेत भी कर देते थे कि आफिस के कार्य में किसी प्रकार की आवश्यकता पड़ने पर उन्हें बुलाया जा सकता था। किन्तु किसीने भी उनके संकेत का लाभ नहीं उठाया था। महेश ने आकर उनके अहं को महत्त्व दिया। उन्होंने कहा :

"चलो, अन्दर चलकर बैठे। सरला बेटी, दो प्याले चाय तो भेज दे...हां, तो क्या काम था, महेश ?"

"जी, एक स्टेटमेंट बनाना था। आफिस में तो किसीको आता नहीं। मैंने सोचा, "आपसे पूछ लूं। कल फाइल ले आऊंगा।"

उस समय विन्ध्या बाबू सरला से महेश के साथ बात करने के बारे में कैफियत तलब करना भी भूल गए।

जब महेश चला गया तो विन्ध्या बाबू को याद आया। उन्होंने सरला को बुलाकर पूछा, "तू महेश को कैसे जानती है ?"

"मेरठ में हमारे पड़ोस में ही तो रहते थे।"

"हूं, क्या करता है उसका बाप ?"

"दुकान।"

"किस चीज़ की ?"

"पसरट्टे के थोक व्यापारी हैं।"

"क्या नाम है उसका ? बनवारीलाल तो नहीं ?" विन्ध्या बाबू ने पूछा।

"जी, यही नाम है," सरला ने कहा।

"ओ...उसे तो मैं जानता हूं। तब तो महेश अपने ही घर का लड़का है, लेकिन मैंने उसे मेरठ में कभी नहीं देखा !"

बचपन में वह अपने नाना के घर रहते थे, फिर आप भी तो बहुत दिन तक मेरठ नहीं गए थे।"

"तभी तो, लेकिन महेश दुकान पर क्यों नहीं बैठा ?"

"मुझे क्या पता," सरला ने उत्तर दिया।

अगले दिन महेश कागज़ लेकर आया और विन्ध्या बाबू से स्टेटमेंट

बनवाकर ले गया। उस दिन के बाद तो महेश को विन्ध्या बाबू की सहायता की आवश्यकता अकसर पड़ने लगी—जब सरला से उसकी भेंट सड़क पर या कालिज में नहीं होती थी।

विन्ध्या बाबू की पत्नी को पहले ही दिन से महेश का आना फूटी आंखों नहीं भाया था। एक दिन उन्होंने बिन्ध्या बाबू से कहा, "महेश का यहां इतना आना-जाना ठीक नहीं।"

"क्यों ?"

"क्यों क्या, घर में जवान बहू-बेटी हैं।"

"तुम्हारा तो दिमाग खराब है। हर बात में बुराई देखती हो।"

"मैंने तो कह दिया। नहीं मानोगे तो तुम्हारी ही नाक कटेगी।"

"तुम्हें मेरी नाक कटने की इतनी चिन्ता नहीं जितना इस बात का दुःख है कि आजकल मेरा समय अच्छा कट जाता है।"

"तुम्हारी आंखों पर तो पट्टी बंधी है। तुम समझते हो महेश तुमसे मिलने आता है ?"

"तो और किससे मिलने आता है ?" विन्ध्या बाबू ने पूछा।

बिन्द्रा की मां चुप हो गई किन्तु विन्ध्या बाबू के मन में सन्देह अंकुरित हो गया और एक दिन पुष्ट भी हो गया जब वे बाहर से लौटे और उन्होंने बैठक में महेश की आवाज़ सुनी, "अरे, मैं तो तुमसे मिलने आता हूं। आफिस का काम तो एक बहाना है..."

विन्ध्या बाबू ने बिन्द्रा से कहा, "सरला के लिए कोई अच्छा-सा लड़का हो तो बताना।"

"लड़का तो है और आपने भी देखा है," बिन्द्रा ने कहा।"

"कौन ?"

"महेश कैसा है ?"

"महेश ! नहीं," विन्ध्या बाबू ने कहा।

"क्या हर्ज़ है? मेरी समझ से तो लड़का योग्य है। खाता-कमाता है, देखने

में अच्छा है, घर-बार ठीक है और दोनों में प्रेम भी है..."

विन्ध्या बाबू एक बालिश्त ऊपर उछल पड़े और मुंह बिगाड़-कर चिल्लाए, "दोनों में प्रेम है ! हमारी शादी हुए 38 वर्ष हो गए, हमने आज तक प्रेम नहीं किया और यह छोकरा और छोकरी...अभी दूध के दांत टूटे नहीं और प्रेम हो गया...यह शादी नहीं हो सकती।"

बिन्द्रा अर्थभरी दृष्टि से चुपचाप विन्ध्या बाबू की ओर देखता रहा। विन्ध्या बाबू गोदावरी के साथ अपने प्रेम की बात याद करके झेपते हुए बोले, "कोई और लड़की नज़र में आए तो बताना। शादी-ब्याह कोई खेल नहीं है।"

एक दिन विन्ध्या बाबू बड़े खुश-खुश आए और बिन्द्रा की मां के हाथ पर एक मुट्ठी हरी मिर्च रखकर बोले, "यह लो अपने बगीचे की मिर्च। आज आएगा खाने में मज़ा। लेकिन ज़रा देख-समझकर डालना। नेत्तर हाट की लौंगिया मिर्च है। नचाकर रख देगी !"

विन्ध्या बाबू का कहना सच निकला। एक कौर खाते ही उनके पोते बिलबिला गए। किसीके मुंह में घी लगाया, किसीके चीनी। बिन्द्रा, उसकी मां और बहू की आंख, नाक, मुंह से पानी के पनाले छूट रहे थे। विन्ध्या वाबू खुश होकर बोले, "इसे कहते हैं मिर्च ! अभी तो एक ही मिर्च फली है ! देखते जाओ, कैसी-कैसी मिर्च खिलाता हूं।"

लड़के वाले आए। लड़की देखी, घर देखा। लड़की का सबसे बड़ा दोष यह था कि उसके मां-बाप नहीं थे। वह अभागी थी किन्तु यदि वह अपने साथ काफी दहेज ले जा सके तो सुभागी बन सकती थी। यदि लड़की अपने होने वाले वर को अमरीका (इंगलैंड अब आउट आफ फैशन है) भिजवा सके तो भी सुलच्छनी कही जा सकती थी। विन्ध्या बाबू लड़के वालों की मांगों से परेशान हो गए।

तभी एक दिन बिन्द्रा ने फिर पूछा, "आखिर महेश में क्या खराबी है ?"

"वे दोनों प्रेम जो करते हैं।"

"प्रेम करना बुरा है ?"

"अरे बेवकूफ, ब्याह से पहले और पीछे वाले प्रेम में अन्तर है।"

"और कोई खराबी ?"

"और तो कोई खराबी नहीं।"

"तो फिर वहां बात क्यों नहीं चलाते ?"

"तू ही क्यों नहीं कुछ करता ? तू बड़ा भाई है। तेरी भी तो कुछ ज़िम्मेदारी है।"

"सच पूछिए, बाबूजी, तो मैंने महेश से उसके पिताजी को इस विषय में पत्र लिखा भी दिया है।"

"तुम लोगों का दिमाग खराब हो गया है ! लड़का अपने ब्याह के लिए बाप को चिट्ठी लिखेगा और तब शादी होगी ! मेरे जीते-जी इस घर में उलटी गंगा नहीं बहेगी।"

"सून तो लीजिए, बाबूजी ! उसने तो यही लिखा है कि सरल के घर वाले उनसे इस विषय में बातचीत करना चाहते हैं। महेश के पिता सरला को तो जानते ही हैं। पत्र से उनके विचार पता चल जाएंगे।"

मिर्चीं के कई और पौधों में फल लग आए। महल्ले में विन्ध्या बाबू की मिर्चों की धूम मच गई। विन्ध्या बाबू का काम बढ़ गया। कुछ तो मिर्चों की चौकीदारी, कुछ लोगों को मिर्च उगाने का पूरा इतिहास—मिट्टी तैयार करने से स्वाद के तीखेपन तक—समझाने में काफी समय बीत जाता।

उन्हीं दिनों बिन्द्रा ने कहा, "बाबूजी, "महेश सरला से विवाह नहीं करेगा।"

विन्ध्या बाबू जल उठे। बोले, "क्या कहा ! महेश विवाह नहीं करेगा ? देखता हूं कैसे नहीं करेगा। महेश तो क्या उसके बाप को भी करना पड़ेगा।"

"लेकिन उसके बाप से तो हम करना नहीं चाहते," बिन्द्रा ने कहा।

"अच्छा-अच्छा बहुत होशियार मत बन। यह बता कि महेश विवाह क्यों नहीं करेगा ?"

"महेश ने साफ तो नहीं कहा लेकिन लगता है कि सरला के माता-पिता न होने के कारण महेश के पिता राज़ी नहीं हुए।"

"हूं, तुम तो कहते थे कि दोनों में प्रेम है," विन्ध्या बाबू ने कहा। कुछ

क्षण चुप रहकर फिर बोले, "लगता है, मुझे ही कुछ करना पड़ेगा। मेरा सामान ठीक करा दे। मैं शाम की गाड़ी से मेरठ जा रहा हूं। और हां, थोड़ी-सी हरी मिर्चें भी रखवा देना। बिना मिर्चें के अब तो खाना ही नहीं खाया जाता। सब पौधों से तुड़वानी।"

विन्ध्या बाबू को देखते ही महेश के पिता बनवारीलाल ने कहा, "भाई साहब, आप तो मेरठ को और हमें बिलकुल ही भूल गए ! माना तो छोड़ ही दिया, चिट्ठी-पत्री भी कभी नहीं लिखी !"

"क्या करूं, कुछ ऐसे झंझटों में फंसा रहा कि आ ही न सका। आखिरी बार तब आया था जब गगनबिहारी जाता रहा था !"

"गगनबिहारी क्या गया, मुहल्ला ही सूना हो गया," बनवारीलाल ने कहा। उसकी इच्छा हुई कि सरला के विषय में कुछ पूछे, किन्तु महेश का पत्र याद करके चुप रह गया।

विन्ध्या बाबू ने कहा, "बनवारीलाल, तुम्हारे पास बड़ी आशा से आया हूं।"

"कैसी बात कहते हैं, भाई साहब, आज्ञा दीजिए।"

"सरला को तो तुम जानते ही हो।"

"कौन सरला ?" बनवारीलाल ने पूछा।

"मेरी भतीजी—गगन की लड़की।"

"अरे हां, सरला को नहीं जानूंगा ! मेरी तो गोद में खेली है।"

"उसे सचमुच अपनी बेटी बना लो। महेश के साथ..."

"लेकिन, भाई साहब, इन मामलों में तो जो महेश की मां चाहेगी वही होगा। मैं इन झंझटों से अलग हूं।"

विन्ध्या बाबू समझ गए फिर भी कहा, "घर की मालकिन की बात तो चलनी ही चाहिए। उनसे पूछ लेना। मैं तो एक-दो दिन यहीं हूं।"

"अरे हां, आप ठहरे कहां हैं ? आपका घर तो किराये पर उठा है।"

"वहीं हूं। एक-दो कमरे खाली हैं," विन्ध्या बाबू ने बताया।

"जितने दिन आप यहां हैं, भोजन मेरे ही यहां होगा। मैं कुछ नहीं सुनूंगा।

शाम को आठ बजे मैं आपकी बाट देखूंगा।"

शाम को विन्ध्या बाबू मिर्च की पुड़िया सहित बनवारीलाल के यहां पहुंचे। भोजन करते समय जब उन्होंने पुड़िया खोली तो बनबारीलाल ने पूछा, "भाई साहब, इस जादू की पुड़िया में क्या है ?"

"जादू ही तो है।"

"क्या मतलब ?"

"मिर्च।"

"मिर्च किसलिए ?"

"बात यह है, भाई," विन्ध्या बाबू ने कहा, "मुझे अपने घर की छोड़कर और कोई मिर्च तेज़ नहीं लगती। खाने में मज़ा ही नहीं आता।"

"लीजिए, उलटे बांस बरेली, को। अजी, अपना तो यही धन्धा है। ऐसी-ऐसी मिर्चे खिलाऊं कि दिन में भी तारे दिखाई दे जाएं।"

"मैं नहीं मान सकता," विन्ध्या बाबू बोले।

"तो हो जाए शर्त।"

"अजी, शर्त क्या बदनी है। तेज़ मिर्च खिलाइए तो गुरु मान लूं।"

"फैसला कैसे होगा ?" बनवारीलाल ने पूछा।

"आप अपनी मिर्च निकालिए, मैं अपनी। दोनों को एक-दूसरे की मिर्चों में से एक-एक खानी पड़ेगी जब तक एक आदमी हार न मान जाए।"

"मंज़ूर। कल 11 बजे रहे।"

"ठीक," विन्ध्या बाबू ने कहा। "लेकिन एक बात याद रखना। बीच में न पानी पी सकते हैं, न मिठाई खा सकते हैं और न मुंह में घी, तेल, ग्लिसरीन, दही और मट्ठा लगा सकते हैं।"

"आप निसाखातिर रहिए। मुझे इन चीज़ों की ज़रूरत नहीं पड़ेगी," बनवारीलाल ने 'मुझे' पर ज़ोर दिया।

सर जगदीशचन्द्र बसु और मारकोनी ने यह तो खोज कर ली कि विद्युत् यंत्रों तथा ईथर की तरंगों द्वारा बिना तार के समाचार एक स्थान

से दूसरे स्थान पर कैसे पहुंचाए जाएं, और इन्हीं खोजों के फलस्वरूप रेडियो, टेलीफोन और टेलीविज़न बने, किन्तु यह किसी-ने पता नहीं लगाया कि बिना यन्त्रों के भी समाचार जल्दी कैसे फैल जाते हैं ! और यह जानने का कोई उपाय भी नहीं। जिससे पूछिए यही कहेगा कि उसने किसीसे सुना था।

खैर, कहना यह है कि अगले दिन 11 बजे तक इन अनोखे मिर्च मैच की खबर न सारे शहर में फैल गई बल्कि बनवारीलाल के घर—जो दुकान के ऊपर था—के सामने तमाशाइयों की इतनी भीड़ भी जमा हो गई कि शान्ति भंग होने की आशंका से पुलिस का एक सशस्त्र दस्ता अश्रुगैस से लैस होकर उस महल्ले में पहुंच गया।

बनवारीलाल की दुकान से लगी हुई दुकान का नाम था—कलकत्ता रेडियो कम्पनी। उसके मालिक को दूर की सूझी। उसने एक माइक्रोफोन और चार लाउडस्पीकर बनवारीलाल के घर पर लगा दिए।

लोगों ने सुना, " भाइयो, आपको ये समाचार कलकत्ता रेडियो कम्पनी से सुनाए जा रहे हैं। कुछ ही देर में आप मिर्च मैच का आंखोंदेखा हाल सुनेंगे । हमारे शहर के श्री बनवारीलाल और लखनऊ के श्री विन्ध्यबिहारीलाल, जिनके बीच यह मैच हो रहा है, मंच पर आ गए हैं। मैं आप लोगों को यह भी बता दूं कि विन्ध्या बाब भी इसी मुहल्ले के पुराने निवासी हैं और आजकल लखनऊ रहते हैं...भाइयो, एक बात और याद रखिए, कलकत्ता रेडियो कम्पनी आपके शहर की सबसे पुरानी और मशहूर दुकान है। हमारे यहां बिजली का सब प्रकार का नया-पुराना सामान बिक्री होता है। और मरम्मत किया जाता है। एक बार अवश्य पधारें...

"सुनिए, एक बच्चा खो गया है। वह मेरे पास खड़ा हुआ रो रहा है, अपना नाम नहीं बता सकता। नीली बुशशर्ट पहने है और हाफ पैंट हाथ में पकड़े है। जिन साहब का हो माइक के पास आकर ले जाएं...

"बनवारी बाबू और विन्ध्या बाबू एक-दूसरे के आमने-सामने बैठ गए हैं...दोनों अपनी मिर्चों की पुडिया खोल रहे हैं...

"लाला घरैतीमल ! लाला घरैतीमल ! आपकी पत्नी की तबीयत बहुत खराब है। आपका लड़का आपको बुलाने आया है...

"भाइयो, अब मैच शुरू हो रहा है..."

"उसे भी अभी मरना था," बुदबुदाता हुआ घरैतीमल घर भागा।

बनवारीलाल ने विक्टोरिया का रुपया निकाल, अंगूठे और तर्जनी से रुपये को ठन्न से उछाल शेर-बकरी किया। विन्ध्या बाबू जीते। उन्होंने एक लम्बी हरी मिर्च बनवारीलाल को दीएक स्वयं ली। दोनों ने मिर्च ऐसे खा ली जैसे मिर्च न हो मिठाई हो। एक बार सी भी नहीं की।

इसके बाद बनवारीलाल की बारी थी। उसने जो मिर्च दी उसे खाकर विन्ध्या बाबू की आंखों में पानी आ गया और उन्होंने कहा, "अच्छी मिर्च है।"

विन्ध्या बाबू की दी हुई मिर्च खाते ही बनवारीलाल उछल पड़ा। कुछ तो वास्तव में मिर्च तेज़ थी और कुछ औपचारिक रूप से प्रशंसा करनी थी इसलिए उसने कहा, "बड़ी तेज़ है। इसे खाने में ज़रा देर लगेगी।"

दोनों एक-एक टुकड़ा काटते, थोड़ी देर मिर्च के टुकड़े को जीभ से मुंह में इधर-उधर घुमाते जिससे सब स्वाद-बिन्दुओं को मिर्च के तीखेपन का परिचय मिल जाए, फिर चबा डालते।

तीन-चार मिर्च खाते-खाते दोनों की हालत बिगड़ चली। उनकी आंख और नाक से तो पनाले बह ही रहे थे, लार से उन्होंने एक-एक तौलिया गीला कर दिया। विन्ध्या बाबू समझ गए थे कि अधिक देर उनसे नहीं रहा जायगा, उधर बनवारीलाल भी सोच रहा था—और कितनी देर ?

बनवारीलाल ने जो मिर्च दी उसका पहला टुकड़ा काटते ही विन्ध्या बाबू को ऐसा प्रतीत हुआ जैसे उनकी जीभ पर श्रीनगर (गढ़वाल) के बिच्छू ने डंक मार दिया हो। उन्होंने पढ़ रखा था कि इच्छाशक्ति द्वारा सब कुछ सम्भव है, इसलिए उन्होंने प्रयत्न किया कि उस समय दिल्ली

का सोहन हलुआ, बाग बाज़ार, कलकत्ता का रसगुल्ला, आगरे का पेठा, मथुरा का पेड़ा, मैसूर का मैसूरपाक याद करें, किन्तु कोई स्वाद याद नहीं आया। उधर मिर्च का टुकड़ा उनकी जीभ पर डंक मारे जा रहा था। विन्ध्या बाबू से नहीं रहा गया और वह बुक्का फाड़कर चिल्लाए, "मर गया!"

लोग दौड़े। किसीने पंखा किया, किसीने गीला तौलिया सिर पर लपेट दिया। बनवारीलाल भी ज़हर के से घूंट पी रहा था।

विन्ध्या बाबू ने कहा, "मानते हैं तुम्हारी मिर्च को ! क्या नाम है ?"

"यह है मद्रास की उषी मुलागाई (सुई मिर्च), अचार में पड़ती है।"

किसी प्रकार विन्ध्या बाबू और बनवारीलाल ने एक-एक उषी मुलागाई समाप्त की। अब विन्ध्या बाबू ने एक-एक ऐसी मिर्च निकाली जो हरसिंगार के फूल जैसी सुन्दर तथा उसी रंग-रूप और आकार की थी। वह थी बिहार की प्रसिद्ध लौंगिया मिर्च। बनवारीलाल ने एक टुकड़ा चबाते ही मुंह फाड़ दिया और लम्बे-लम्बे सांस लेने लगा। उसके कान के भीतर कुछ चटाचट चटखने लगा और साथ ही कुछ ऐसी भनभनाहट होने लगी जैसी बिजली के हाई ट्रांसमिशन तारों के खम्भों में होती है। बनवारीलाल चिल्लाया, "हाय, मार डाला !" और सी करके लेट गया।

विन्ध्या बाबू को भी मिर्च कुछ कम तेज़ नहीं लगी, किन्तु वह होम ग्राउंड पर थे। उनकी जीभ उस तेज़ी से परिचित थी फिर भी उन्हें पूरी मिर्च खाने में काफी देर लगी। बनवारीलाल को तब तक हाय-हाय चिल्लाने से ही फुर्सत नहीं थी।

किसी प्रकार उसने भी मिर्च खा ही डाली, किन्तु विन्ध्या बाबू को यह निश्चय हो गया कि बनवारीलाल और मिर्च नहीं खा सकता था। उसमें आंख खोलने की भी शक्ति नहीं थी, फिर भी वह हार नहीं मान रहा था।

उसने अपनी अन्तिम जोड़ी में से एक मिर्च विन्ध्या बाबू को दी और

कहा, "विन्ध्या बाबू, यह कालसी (देहरादून) की मिर्च है। ज़रा संभलकर खाइए।"

विन्ध्या बाबू ने मिर्च का एक छोटा-सा टुकड़ा दांत से काटा और खड़े होकर नाचने लगे। उन्होंने दोनों हाथों से अपना मुंह पीट लिया। जब वह कत्थक, भरतनाट्यम और कथकली नृत्यों की सब द्रुत मुद्राएं समाप्त कर चुके तो उन्होंने अनुभव किया कि वह उस मिर्च को तो किसी प्रकार खा लेंगे किन्तु उसके बाद मैच से बाहर।

वे दूसरा टुकड़ा काटने ही वाले थे कि उन्होंने देखा कि बनवारीलाल ने तब तक मिर्च को दांतों से छुआ भी नहीं था। उसका हाथ बरा-बार होंठों तक जाता लेकिन फिर गिर पड़ता। स्पष्ट था कि जहां तक बनवारीलाल का प्रश्न था, मैच समाप्त हो चुका था। उसके हार गया कहने की देर थी। विन्ध्या बाबू के मस्तिष्क में कितनी ही बातें क्षण-भर में कौंध गईं। उनके आने का उद्देश्य, सरला, गगनबिहारी, महेश आदि। सहसा उन्होंने मिर्च फेंक दी और चिल्लाए, "मान गए, बनवारी, तुम्हारी मिर्च को! तुम ही जीते।"

कन्यादान हो गया। फेरे भी हो गए। विन्ध्या बाबू सबेरे से उपवास किए हुए थे। सबके कहने पर वे उपवास तोड़ने बैठे। भोजन उनके सामने आया ही था कि बनवारीलाल ने कहा, "समधीजी, आपके लिए तोहफा लाया हूं।" और जेब से एक पुड़िया निकालकर विन्ध्या बाबू को दी। पुडिया में दो कलसिया मिर्चें थीं।

"लेकिन यह तो बेटी के घर की चीज़ है। मैं कैसे खा सकता हूं?" विन्ध्या बाबू ने कहा।

बनवारीलाल के मुंह पर फैलती मुस्कराहट को देखकर विन्ध्या बाबू जल्दी से बोले, "एक बात है, मैं वैसे नहीं ले सकता, लेकिन खरीद सकता हूं।"

यह कहकर उन्होंने एक रुपया बनवारीलाल के हाथ पर रखा और दोनों मिर्चें एकसाथ मुंह में रखकर कर्रकर्र करके चबा गए। उनकी आंख, नाक और

मुंह से पानी गिरने लगा किन्तु बनवारीलाल का तो निचला जबड़ा ही लटक गया। बड़ी कठिनाई से बोला, "विन्ध्या बाबू, यह क्या ?"

"समधीजी, बेटी वाला हारकर ही तो जीतता है," विन्ध्या बाबू ने मुस्कराकर कहा।

('सरिता' से साभार)

वन-महोत्सव

'हम लोगों को चाहिए कि हम विशाल पेड़ों के साथ दोस्ती करें तथा अधिक तादाद में पेड़ लगाएं।' प्रधान मन्त्री ने कहा और हम लोग भी अपने वन-महोत्सव की तैयारी में जुट गए। फोटोग्राफर आया, चाय-पार्टी का प्रबन्ध हुआ, माइक और लाउडस्पीकर लगाए गए, अपनी संस्था के प्रमुख अधिकारियों तथा नगर के गण्यमान्य नागरिकों को निमन्त्रण दिया गया, संस्था के सब कर्मचारियों को आदेश हुआ कि वे निश्चित समय से पन्द्रह मिनट पूर्व संस्था के विशाल एस्टेट के उस कोने में पहुंच जाएं, जहां वृक्ष-रोपण होना था। संस्था के वनस्पति-शास्त्रियों ने लगाए जाने वाले वृक्ष की लकड़ी के गुण-दोषों की सूची बनाई, जो बांटे जाने वाले पर्चों पर छापी गई, मिट्टी-विशेषज्ञ ने उस स्थान की मिट्टी का वैज्ञानिक परीक्षण किया और उन रसायनों की सूची तैयार की जो पेड़ की वृद्धि के लिए आवश्यक थी। माली ने निर्दिष्ट स्थान पर एक गड्ढा खोद दिया था और गड्ढे के पास एक तसले में खाद रख दी तथा एक फव्वारे में पानी भरकर रख दिया। पास ही वैजयन्ती (कैना) के पत्तों में लिपटा पौधा रखा था। वृक्ष-रोपण विभागीय मन्त्री महोदय के कर-कमलों द्वारा होने वाला था।

नियत समय पर मन्त्रीजी आए। तालियों और कैमरों की किटकिरों के बीच उन्होंने पौधे को गड्ढे में खड़ा कर दिया और दो मुट्ठी मिट्टी डाल दी। माली ने गड्ढे को मिट्टी और खाद से भर दिया। मन्त्रीजी ने फव्वारे से पानी दिया और फव्वारा मंत्रीजी के हाथों से संस्था के प्रधान, उपप्रधान, मुख्य

वनस्पति-शास्त्री, मिट्टी-विशेषज्ञ, सुपरवाइज़र, हेडक्लर्क, क्लर्क, चपरासी आदि के हाथों में पहुंच गया। भाषण हुए, पेड़ों के महत्त्व पर प्रकाश डाला गया, चाय हुई, मन्त्रीजी तथा अतिथि विदा हुए और संस्था के कर्मचारी एक और कार्यक्रम के सफलतापूर्वक समाप्त हो जाने पर अपने आपको बधाइयां देते हुए अपने-अपने कमरों में लौट गए। उस वर्ष देश-भर में चार करोड़ तैतालीस लाख पन्द्रह हज़ार वृक्ष रोपे गए।

कुछ दिन तक पेड़ की स्वास्थ्य-सम्बन्धी खोज-खबर बड़ी तत्परता से ली जाती रही। हर महीने उसका हेल्थ बुलेटिन दिल्ली जाता रहा, फिर सब उसे भूल गए। कभी-कभार किसीको याद आ जाती तो वह अपने से नीचे अधिकारी से पूछता और 'लैन डोर' माली तक पहुंचती, किन्तु उसका उत्तर जानने की न किसीको चिन्ता न थी, न उत्सुकता।

चार वर्ष बीत गए। इस बीच हम लोगों ने बहुत-से पेड़ लगाए। कुछ मरे, कुछ बचे। उस वर्ष के वन-महोत्सव के अवसर पर वे ही मन्त्री संयोग से हमारे नगर में थे, सो हमारी संस्था के प्रधान ने सोचा कि फिर उन्हींसे वन-महोत्सव का उद्घाटन कराया जाए। तब प्रधान महोदय को मन्त्रीजी द्वारा चार वर्ष पूर्व लगाए हुए पेड़ का ध्यान आया। शायद मन्त्रीजी उस पेड़ को देखना चाहें। मौखिक आदेश दिए गए। दो-एक अधिकारी मौली को लेकर उस स्थान पर पहुंचे, जहां वृक्ष-रोपण हुआ था। वहां पहुंचते ही उनके पैरों तले की धरती खिसक गई। जहां पेड़ होना चाहिए था, वहां एक मरी हुई सींक खड़ी थी। माली से जवाब-तलब हुआ।

'हम का बताईं सरकार, हम तो हियां पन्द्रह बार पेड़ लगाइन हैं, मुआ बचबै नहीं करता है त हम का करीं।' वनस्पति-शास्त्रियों में किसीने कहा, पानी कम पड़ा। किसी ने कहा, खाद अधिक पड़ी, किसीने कीट-पतंगों को दोष दिया। किसीने माली को झाड़ बताई। जल्दी-जल्दी सलाह हुई कि क्या किया जाए। कहीं मन्त्रीजी उधर आ गए तो क्या होगा।

प्रधान को सब परिस्थिति समझाई गई। उन्हें समझाया गया कि चाहे जैसे हो, मन्त्रीजी को उधर न जाने दिया जाए।

मन्त्रीजी आए। फिर वही उत्सव हुआ। मन्त्रीजी विदा होने लगे। अधिकारियों ने आराम की सांस पूरी तरह ली भी नहीं थी कि मन्त्रीजी ने कहा, 'पहले भी तो हमने एक पेड़ लगाया था, चलिए देखा जाए क्या हाल है।'

प्रधानजी तथा अन्य कर्मचारी बगलें झांकनें लगे। किन्तु बचने का कोई उपाय नहीं था। वे लोग मरे मन से चलने लगे। जब सब लोग उस स्थान पर पहुंचे, तो उनके आश्चर्य का ठिकाना न रहा। जहां कल एक सूखी सींक खड़ी थी, वहीं एक पेड़ खड़ा था, वह भी लहलहाता हुआ, हां उसकी पत्तियां कुछ बीमार जैसी लगती थीं।

'पेड़ तो काफी बड़ा हो गया है। कुछ ही दिन में छाया देने लगेगा,'— मन्त्रीजी ने कहा। हम लोग तो आश्चर्य में खड़े थे। किसी प्रकार अधिकारियों की मूक वाणी वाचाल हुई। वे मन्त्रीजी के गुणों का बखान करने लगे—"भला उनका लगाया हुआ पेड़ बढ़ेगा क्यों नहीं।'

तभी एक घटना पलक झपकते हो गई। दो कुत्ते आपस में लड़ते हुए बड़ी तेज़ी से आए। एक कुत्ता क्षण-भर के लिए पेड़ के नीचे रुका, तभी दूसरे कुत्ते ने बड़े ज़ोर से उसपर आक्रमण कर दिया और दोनों कुत्ते पेड़ से टकराए और पेड़ धड़ाम से नीचे गिर पड़ा और उसका सफाई से कटा हुआ तना बाहर आ गया।

धोखा देने का प्रयत्न करने के अपराध में माली को नौकरी से निकाल दिया गया।

पहले वर्ष लगाए हुए चार करोड़ तैंतालीस लाख पेड़ों में से जो एक करोड़ इकहत्तर लाख अठारह हजार पेड़ जीवित हैं, उनमें पता नहीं हमारा वह पेड़ भी था कि नहीं।

कीर्तन

शहर में चुनाव की धूम थी, शहर कहां था, उसका क्या नाम था और चुनाव किस चीज़ का था, ये सब गौण बातें हैं। इसीलिए इनकी बात ही छोड़ दें। समझ लीजिए चुनाव था। जीत की सम्भावना की दृष्टि से सबसे पहले नम्बर पर थे लाला दमड़ीलाल अग्गरवाल, देशी शराब-खाना के ठेकेदार। एक पीने वाले की राय में साला पहली बोतल तो ठीक देता है, उसके बाद ठर्रे के बदले पानी पिलाता है। बीवी-बच्चे, घर-बार, रुपया-मोटर के अलावा एकआध रखैल भी थी किन्तु उनकी राय में उनके पास पोजीसन' नहीं थी। दो-दो कौड़ी के सरकारी नौकर भी हुक्म चलाते हैं। कभी गाड़ी चाहिए, कभी व्हिस्की, कभी कुछ और। एक बार 'पोजीसन' मिल जाए फिर एक-एक को देख लूंगा। रुपया, रुपये की चिन्ता नहीं है, पानी की मार्फत आया है, पानी की तरह बहा दूंगा। लालाजी केवल मुड़िया पढ़े हुए थे।'

दूसरे नम्बर पर थे सरदार इलमसिंह, प्रोप्राइटर : वाहे गुरु ट्रांसपोर्ट कम्पनी, खालसा ट्रेडिंग एजेन्सी और पंजाब रेस्टूरंट। इन सब बिजनसों के प्रोप्राइटर बनने से पहले सरदारजी कलकत्ता में टैक्सी चलाते थे बिना ड्राइविंग-लाइसेंस के। अंधाधुन्ध मोटर चलाते-चलाते हुई दुर्घटनाओं के फलस्वरूप आए दिन ड्राइविंग लाइसेंस कैंसिल होता रहता था जब पुलिस को पूरा पैसा नहीं दे पाते थे—तो उन्होंने लाइसेंस नया कराना ही छोड़ दिया। एक दिन शराब ने उनके दृष्टिकोण को इतना विस्तृत कर दिया था कि संकरी गली के स्थान

पर दो चौड़ी-चौड़ी सड़कें दिखाई पड़ रही थीं। एक्सिलरेटर पूरा दबा हुआ था। पता नहीं कैसे दो बदतमीज़ राहगीर टैक्सी के नीचे थे और चिल्लाती हुई भीड़ टैक्सी के पीछे। सरदारजी का नशा तो हिरन हुआ ही, वे स्वयं भी टैक्सी छोड़कर हिरन हो लिए। और आज तक कलकत्ते नहीं गए। इस शहर में आकर ट्रक लिया और चरस, गांजा, अफीम रेलवे से चुराई हुई कपड़े की गांठों और पोस्ट एण्ड टेलीग्राफ से चुराए हुए तारों की बदौलत आज प्रोप्राइटर थे। खालसा ट्रेडिंग कम्पनी का सबसे लाभप्रद माल था हिमाचल प्रदेश जोनसार-बाबर, नेपाल तथा दार्जिलिंग से भगाकर लाई हुई भोली-भाली युवतियां, और उसका काम था इन भोली-भाली युवतियों का गंवारपन दूर करना तथा उन्हें दुनियादारी की शिक्षा देना। सरदार इलमसिंह ने गुरुमुखी में हस्ताक्षर करना सीख लिया था।

तीसरे नम्बर पर थे हाजी इलाहीबख्श, बार-एट-ला, भूतपूर्व प्रेसिडेंट लोकल मुस्लिम लीग, वर्तमान सेक्रेटरी-ट्रेज़रर कौमी यतीमखाना। इस यतीमखाने के सबसे बड़े यतीम बैरिस्टर साहब खुद थे। चार बीवियां तो धर्म की दृष्टि में थी और एकआध टेम्परेरी बीवी भी हमेशा रहती ही थी। बैरिस्टरी तो किसी ज़माने में चलती थी और खूब चलती थी, लेकिन इधर तो आमदनी का सबसे बड़ा ज़रिया यही यतीमखाना था। सरकारी और गैर-सरकारी मदद तो थी ही, इसके अतिरिक्त, ईर्ष्यालु लोगों के कथनानुसार, उनकी आमदनी का ज़रिया वे बड़े घर थे जिनकी युवती विधवाएं अथवा कुंवारी बेटियां कामदेव का शिकार हुई थीं। बैरिस्टर साहब का प्रकट धन्धा था जनता को न्याय दिलवाना और इससे वे वादी-प्रतिवादी का भेद नहीं मानते थे क्योंकि एक ही मुकदमे में दोनों से फीस लेने में उन्हें आपत्ति नहीं थी।

नगर के प्रतिष्ठित डाक्टर रेमबुल चौथे उम्मीदवार थे। डाक्टर साहब डबल एम० आर० सी० पी० थे और स्थानीय बड़े अस्पताल के इन्चार्ज थे। वे कभी किसी भी शर्त पर किसी मरीज़ को देखने उसके घर नहीं जाते थे। लोगों का तो यहां तक कहना था कि यदि उनका इलाज किया हुआ अथवा उनके इलाज से कोई मरीज़ मर जाए तो मृत्यु का

प्रमाण-पत्र लेने के लिए मुर्दे को उनके घर ले जाना पड़ता था और उनकी फीस, उनके कम्पाउण्डर की फीस, उनके हाथ धुलानेवाले नौकर की फीस पहले रख देनी होती थी। अस्पताल में कोई भी मरीज़ तब तक भर्ती नहीं हो सकता था जब तक कि डाक्टर साहब को कम से कम छः बार, हर बार सोलह रुपये दिन में और बत्तीस रुपये रात में—फीस पहले से न दे दी जाए। इसके अलावा रेडियोलॉजिस्ट—एक्सरे करने वाला डाक्टर, पैथोलॉजिस्ट—खून, थूक, पेशाब, पाखाना आदि की परीक्षा करने वाला, ऑप्थेल्मोलॉजिस्ट, इयर-नोज़-थ्रोट स्पेशलिस्ट—आंख, कान नाक और कण्ठ के विशेषज्ञ डाक्टर : और दवा बेचने वालों से उनका कमीशन बंधा ही था क्योंकि जो मरीज़ डाक्टर साहब के पास जाता था उन्हें इन अन्य विशेषज्ञों के पास जाना ही पड़ता था।

डाक्टर साहब का व्यवसाय था जनता की सेवा करना। जनता की सेवा उनका पुश्तैनी धन्धा था। पवित्र बाप ईसा की गोद में मरने से पहले डाक्टर साहब के पिता का नाम रामबली था और वे जूते बनाकर जनता की सेवा किया करते थे। जब धोती का स्थान पतलून ने ले लिया तो रामबली भी एक ही चालबाज़ी में रेमबुल बन गया।

पांचवें उम्मीदवार थे प्रोफेसर भोलानाथ। प्रोफेसर साहब स्थानीय कालेज में लेक्चरर थे और केवल नाम से ही भोले थे, रुपये-पैसे के मामले में वे तेज़ थे। उनके नोट्स और कुंजियां, मेड-ईज़ी सीरीज़ और परीक्षा पास करने के लिए 'गेस्स' प्रश्न धड़ाधड़ बिकते थे। उनके घर साठ छात्र प्रतिदिन ट्यूशन पढ़ने आते थे—छः टोलियां, प्रत्येक टोली में दस छात्र, प्रत्येक छात्र से पचास रुपया महीना फीस। स्थानीय परीक्षा में उनके प्राइवेट छात्रों के पास होने की गारण्टी थी और बोर्ड अथवा यूनिवर्सिटी परीक्षाओं में नकल करने देने और कराने की छूट। छात्राओं पर उनकी विशेष कृपा थी यहां तक कि एकआध की आत्महत्या का कारण भी वे कहे जाते थे।

इन पांचों उम्मीदवारों की बड़ी तीव्र इच्छा थी कि वे जनता के लिए कानून बनानेवालों के गुट में सम्मिलित हों, और पांचों इन्कम टैक्स चोर

थे। बाहर से इनके रंग अलग-अलग थे, कोई सफेद, कोई लाल, कोई गुलाबी और कोई नीला, किन्तु भीतर सबका रंग एक था काला।

यह बात नहीं कि चुनाव के लिए और उम्मीदवार नहीं थे। थे अवश्य किन्तु वे नगण्य थे क्योंकि वे ईमानदार थे, गरीब थे और समाज में न उनकी प्रतिष्ठा थी न मान्यता। उन्हें कोई अपने यहां पार्टी में या भाषण देने या चन्दा देने नहीं बुलाता था। उनके पास मुसाहबों अथवा कार्यकर्ताओं का अभाव था।

पांचों प्रमुख उम्मीदवारों के खेमों में इस बात पर विचार होता था कि प्रचार कैसे किया जाए और कैसे जनता के सामने उनके हितैषियों के रोल में आया जाए। सबसे पहले बैरिस्टर साहब की कानूनी बुद्धि ने ज़ोर मारा। उन्होंने यतीमखाने का बैण्ड सारे शहर में घुमवा दिया और बच्चों के हाथ में फट्टे दे दिए जिनपर लिखा था, जो बैरिस्टर इलाहीबख्श को वोट देगा वह हम यतीमों पर रहम करेगा! हमारे मां-बाप आप ही हैं! बैरिस्टर इलाहीबख्श को वोट दीजिए!

बाकी चार खेमों में खलबली मच गई, टीका-टिप्पणी आरम्भ हुई, चुनाव लड़ता है या भीख मांगता है! हाजी और उस भिखमंगे, जो अपना कोढ़ दिखाकर भीख मांगता है, में क्या फर्क है? कुछ पता है आपको इस बैंड पार्टी में आधे बच्चे तो उसके अपने हैं! लेकिन मन ही मन सब सोच रहे थे, साला पहला दांव जीत गया।

मनुष्य का मस्तिष्क मृत्यु के अतिरिक्त सब समस्याओं का समाधान निकाल लेता है। उम्मीदवारों में जिनका अपना दिमाग था उन्होंने उसपर गौर किया और जिनका अपना नहीं था उनके लिए उनके मुसाहबों ने सोचा। प्रोफेसर साहब के पास औरों की अपेक्षा पैसा कम था। इसलिए उन्होंने शहर में पांच जगह जानवरों के पानी पीने के लिए म्युनिसिपैलिटी के नलों के पास बड़े-बड़े टब ज़मीन में गड़वा दिए और मनुष्यों के लिए तीन-चार प्याऊ खुलवा दीं। आगे चलकर इन्हीं गड्ढों पर दो मिठाई, एक समोसा और एक प्याला चाय हर वोटर को बांटने की बात थी। डाक्टर साहब ने दो-एक

चैरिटेबल डिस्पेंसरियां खोल दीं, जिनमें रंगीन पानी मरीज़ों को मुफ्त बांटा जाने लगा। डॉक्टर साहब स्वयं एक घंटा मरीज़ों को देखते थे और शेष समय उनके छात्र वहां रहते थे।

लाला दमड़ीलाल अग्गरवाल सबसे दूर की कौड़ी लाए। उन्होंने एक सप्ताह के लिए अखण्ड कीर्तन की घोषणा कर दी और साथ ही कुछ हैंड बिल भी छपवा लिए, जिनपर लिखा था—जनता की मांग पर अखण्ड कीर्तन एक सप्ताह और बढ़ा दिया गया है! बड़ा सुन्दर मण्डप सजाया गया जिसमें नियोन लाइट में देवी-देवताओं की जगमगाती मूर्तियां बनाई गई थीं। बीच में एक छोटी-सी वेदी पर साबुन और सिगरेट बेचनेवाली कम्पनियों के कैलेण्डरों से काटी हुई देवताओं की तस्वीरें फ्रेम में मढ़वाकर सजाई हुई थीं। जल से भरा कलश, उसके ऊपर आम के पत्तों के बीच लाल कपड़े में लिपटा और लाल धागे में बंधा नारियल रखा था। रोली, चन्दन, धूप, फूल, चावल आदि सभी कुछ था। वेदी के सामने एक कालीन बिछा था जिसपर ढोलक, मजीरा, तबला, हारमोनियम, झांझ, खड़ताल और चिमटा आदि रखे थे। दो माइक्रोफोन तो होने ही थे। एक कोने में एम्पलीफायर था। कीर्तन करने के लिए भारतवर्ष की सबसे नामी धर्मरक्षक संकीर्तन मंडली बुलाई गई थी।

खबर सुनकर सरदार इलमसिंह की छाती पर डेढ़ दर्जन सांप एकसाथ लोट गए। 'लोक्कां नूं शाब पिला-पिला के बेहे बणाए ने हुण त्हरम राज बणदा ए,' उन्होंने कहा। किन्तु यह तो खिसियानी बिल्ली खम्भा नोचे वाली बात थी—मन ही मन वे लालाजी की चाल से अत्यन्त प्रभावित थे। धर्म का जो तीर लाला दमड़ीलाल ने चलाया उसकी काट कोई धर्म का ही बाण कर सकता था। और हथियार उसके सामने बेकार थे। सरदारजी ने बहुत सोचा। कभी सोचते कि एक तीर्थ-यात्रा स्पेशल चलवा दें, कभी सोचते गुरुद्वारा बनवा दें; कोई गंगा-स्नान भी नहीं आ रहा था नहीं तो एक दिन के लिए अपने ट्रक रखवा देते जो स्नानार्थियों को मुफ्त गंगा पहुंचा देते और वहां से ले आते, किन्तु कोई भी योजना विशेष जंच नहीं रही थी। इसलिए उन्होंने सबसे कम कठिनाई वाला मार्ग—नकल—अपनाया। उन्होंने घोषणा कर

दी कि वे एक सप्ताह तक ग्रन्थ साहब का अखंड पाठ और साथ में कीर्तन कराएंगे।

फिर क्या था। लाला दमड़ीलाल अग्गरवाल और सरदार इलमसिंह में होड़ लग गई। सारे नगर का ध्यान कीर्तन और पाठ तथा उनके करानेवालों की ओर लग गया। अन्य उम्मीदवारों को तो अपनी-अपनी ज़मानत की चिन्ता हो गई।

सरदारजी को एक सुविधा यह थी कि उनके सामने एक मापदण्ड था जिसकी तुलना में उन्हें अच्छा ठहरना था,यद्यपि पहल करने की सुविधा लालाजी को प्राप्त हो चुकी थी। सरदारजी ने मण्डप सजानेवाले कलकत्ते से बुलाए। ये लोग केवल लाल, नीले और सफेद कपड़े के थानों से जो सजावट करते हैं वैसी शायद ही और किसी माध्यम से कोई कर पाता हो। यहां तो कपड़े के अतिरिक्त ट्यूब लाइटिंग, फूल, चित्र आदि भी थे—पैसे का तो कोई ध्यान था ही नहीं। बिजली के ही कमाल यहां थे। सरदारजी का नाम, चुनावचिह्न, गुरु नानक, गुरु गोविन्द सिंह, स्वर्ण मंदिर आदि के चित्र बिजली से ही नियत समय के अन्तर पर बनते-बिगड़ते रहते थे। पूरे आधे दर्जन माइक्रोफोन जुटाए गए थे।

लालाजी बौखला गए। सरदार के बच्चे को मुझसे टकराने का मज़ा मिल जाएगा। पानी बेचकर पैसा कमाया है, पानी की तरह बहा दूंगा। मंडप की सजावट में परिवर्तन हुआ, बिजली का सामान बढ़ गया, प्लास्टर ऑफ पेरिस की बनी देवताओं की बड़ी-बड़ी मूर्तियां यत्र-तत्र रख दी गईं, कीर्तन में आने वाले भक्तों को प्रसाद, कसार, कुछ केले के टुकड़े, चरणामृत आदि बांटने की व्यवस्था की गई।

सरदारजी ने प्रसाद में कड़ाह—हलुवा—बंटवाने की घोषणा की। दोनों के मण्डप एक-दूसरे के सामने थे। लाउडस्पीकरों का शोर इतना था कि लालाजी का कीर्तन सुनाई पड़ता था न सरदारजी का पाठ।

कीर्तन आरम्भ हुआ, सूरदास, मीरा, कबीर, ब्रह्मानंद आदि के भजनों से। बीच-बीच में 'ओम् जै जगदीश हरे' भी हो जाता था। आरम्भ से ही

कीर्तन जम गया हो ऐसी बात नहीं। पहले-पहले तो भजनीकों की मुद्राएं, उच्चारण और भाव-भंगिमाएं देखकर लोगों के मन में धार्मिक भावनाएं उदय होने के बदले हंसी के मारे पेट में बल अधिक पड़ते थे। इस इसके अतिरिक्त अधिकांश अपने-अपने प्रिय भजन उनकी धुनों से पहचानते थे, किन्तु इन भजनीकों के गले से जो स्वर, लय, ताल निकलते थे उन्हें समझने के लिए किसी भातखण्डे की ही आवश्यकता थी। कभी-कभी उपस्थित जनता में से कोई-कोई भक्त अपनी भक्ति का उबाल न सहकर ऊंचे स्वर में भजनीकों का साथ देने लगता था—ऊपर को मुंह उठा, एक कान में उंगली डाल, आसन तक का ज़ोर लगा, ऐसे चिल्ला-चिल्लाकर कि डर के मारे स्वर-ताल सब भाग निकलते थे। जनता को कीर्तन में कुछ मज़ा नहीं आया। इसके अतिरिक्त सरदारजी के कीर्तन में भजनीकों की टोली अधिक प्रभावोत्पादक थी। रंग-बिरंगे साफे बांधे, दाढ़ी-मूंछ तेल से चमचमाते हुए या पट्टी से बांधे, सफेद कुर्ते-पाजामे पहने सरदारों की टोली चिमटे, हारमोनियम और तबले के साथ भजन गाकर समा बांध रही थी। लाला दमड़ीलाल के खेमें की भीड़ सरदार इलमसिंह के शामियाने में आने लगी।

लाला दमड़ीलाल चिल्लाए, कैसा कीर्तन कर रहे हो, सारी भीड़ तो उधर जा रही है ! अगर पांच मिनट में सारी भीड़ वापस नहीं बुलाई तो मार-मारकर भगा दूंगा। जब तानसेन ने बैजू बावरा को अपने गाने से जंगली हिरनों को वापस बुलाने को कहा होगा तब भी उसे इतनी कठिनाई का सामना नहीं करना पड़ा होगा, क्योंकि उस समय आदमी क्या जानवर भी अच्छा संगीत समझते थे। कीर्तन-मंडली के सदस्यों ने उखड़ती हुई भीड़ को देखा और जल्दी-जल्दी सलाह की। तब उनमें से एक ने कान पर हाथ रखकर भजन प्रारम्भ किया।

'आजा बेदर्दी किसना तुझे गैया पुकारे !' बतर्ज, 'आजा बेदर्दी बालमा तुझे रो रो पुकारूं', (लता मंगेशकर)। लाउड स्पीकर्स की वॉल्यूम फुल कर दी गई, जाने वालों के कदम रुक गए। भजन खूब जमा। सरदारजी के तम्बू में खलबली मच गई, भक्तों की भीड़ लाला दमड़ीलाल के शामियाने में पहुंच

गई। लालाजी ने प्रसन्न होकर गाने वाले को पांच रुपये इनाम में दिए। भजनीकों को आत्मविश्वास मिला। फिर तो उन्होंने बड़े प्रेम से भजन गाए। कुछ नमूने ये है:

'करेसना एक बारी आजा'—बतर्ज, 'सैयां एक बेरी आजा।

'आ जा ओ किसन कि तुम हो कहां अब प्रान निकलने वाले हैं—'बतर्ज, 'आ जा ओ बलम कि तू है कहां,

अब रात गुजरने वाली है।'

सरदार इलमसिंह अपने भजनीकों पर बिगड़े, "कीर्तन कर रहे हो या स्यापा डाल रहे हो ! एक पैसा नहीं मिलेगा। फिलिमवाले भजन गाओ।' लेकिन इन बेचारों को फिल्मी भजन या फिल्मी तर्ज के भजन याद नहीं थे। फिर भी उन्होंने हिम्मत नहीं हारी, उन्होंने माइक्रोफोन्स के पास इतने ज़ोर-ज़ोर से चिल्लाना शुरू किया कि दूसरे कैम्प के भजनीकों को भी अपनी ही आवाज़ सुनाई आना बन्द हो गई। उन्होंने भी अपनी आवाज़ की वॉल्यूम बढ़ा दी। किन्तु सरदारों का मुकाबला नहीं कर सके। वे लोग कुछ देर के लिए चुप हो गए और गुस्से में सरदारों की आलोचना करने लगे और यह भूल गए कि वे लोग माइक्रोफोन्स के सामने बैठे थे।

संसार का इतिहास, आकस्मिक घटनाओं अथवा दुर्घटनाओं का ही इतिहास है। यदि द्रौपदी दुर्योधन को 'अंधे का पुत्र अंधा' कहकर न चिढ़ाती तो महाभारत न होता और यदि रावण की बहन शूर्पणखा लक्ष्मण के रंगरूप पर न मर-मिटती तो सीता न हरी जाती, राम-रावण युद्ध न होता, सोने की लंका न उजड़ती, सीता घर से न निकाली जाती और पता नहीं क्या-क्या नहीं होता। हिटलर पैदा न होता या पैदा होते ही मर जाता या कुछ लम्बा-चौड़ा होता तो द्वितीय महायुद्ध न होता, और यदि गांधीजी ने जन्म न लिया होता तो आज भारत का इतिहास कुछ और ही होता। तो ऐसी ही कुछ घटना—यद्यपि उसका महत्त्व इतना अधिक नहीं था—उस समय हुई। लाला दमड़ीलाल के एक कीर्तनिये ने कहा, "देखो साले कैसे गधों की तरह रेंक रहे हैं।" उसके क्षण-मात्र पहले सरदार इलमसिंह के भजनीक चुप हो गए थे। पहले के शोर

के कारण बात काफी ज़ोर से और माइक्रोफोन के सामने कही गई थी—सारे शहर ने सुनी। कुछ क्षण के लिए निस्तब्धता रही। उसके बाद तो जैसे नरक के द्वार खुल गए। चीख, पुकार, गरज, हुंकार, गाली—सब एकसाथ।

"गधा किसको कहा, साला किसको कहा ? ज़ुबान खींच लेंगे, दांत पेट में घुसेड़ देंगे, सर फाड़ देंगे ! साला और गधा तुम्हारा बाप !"

इसके बाद मां-बहनों से रिश्ते जुड़े और अंत में एक ओर ड्राइवरों, क्लीनरों, ठेलेवालों की भीड़ और दूसरी ओर ताड़ीखाने के पहलवानों की फौज। शामियाने फटे, बिजली के बल्ब टूटे, तम्बू उजड़े , ढोल-मंजीरे शहीद हुए, लोगों के सिर फूटे और हाथ-पैर टूटे।

लाला दमड़ीलाल अगरवाल और सरदार इलमसिंह वहां से खिसक दिए थे, लेकिन घाटे को लाभ में बदलना लालाजी का रोज़ का काम था। जब झगड़ा शान्त हो गया और पुलिस अपना काम करके चली गई तो लालाजी पट्टियों में जकड़े हुए मंडप में लाए गए। पट्टियां खून से तर थीं। उनके पिट्ठू लोग जीपों में बैठे नगर में प्रचार कर रहे थे, "धरम पर मिटने वालों का शहीदों में बयां होगा ! लाला दमड़ीलाल को वोट दो !"

प्रातः शहीद लालाजी को देखने नगर की जनता उमड़ पड़ी। धर्म को बचाने के प्रयत्न में अपनी जान पर खेलने वाले धर्मरक्षक के प्रति लोगों में आभार उमड़ पड़ा।

लालाजी के विरोधी उम्मीदवारों की ज़मानतें ज़ब्त हो गईं, लोगों ने नारे लगाए :

"धर्मवीर लाला दमड़ीलाल की—जय ! धर्मवीर लाला दमड़ीलाल—ज़िन्दाबाद !"

"महात्मा गांधी—ज़िन्दाबाद !"

"पंडित नेहरू—ज़िन्दाबाद !"

"प्रजातन्त्र—ज़िन्दाबाद !"

"धर्मवीर लाला दमड़ीलाल—ज़िन्दाबाद !"

○ ○ ○